书·美好生活
Book & Life

书，当然要每日读。

# 安野光雅
## 绘画人生

[日] 安野光雅 著

方旭 译

北京时代华文书局

西班牙卡达凯斯小镇

站在皮恩扎的山丘上

**译者序**
# 愿你心中有美的底色

小时候,爸妈上班忙,我常常被锁在家里,相伴的除了玩具,就是各种"小画书"。给孩子看的书,自然是以图画为主,搭配上一点点的文字。我最先是从这些书上认识了大象、恐龙、白雪公主、中国各朝代古人的装束……我还喜欢临摹书上的漂亮公主们,用剪刀剪下来,自言自语地用这些小纸人玩宫斗戏,应该可以说是"剪刀下的甄嬛传"了。

这些"小画书",到了今天被称为"绘本"。这个词来源于日语"絵本"(えほん),顾名思义就是"绘画的小本子"。为了启蒙和娱乐,家长们都会给孩子买绘本,还有许多社区开办了绘本馆,家长可以把孩子送来看各种各样的绘本。

作为漫画大国的日本,绘本画家辈出。本书作者安野光雅,是最著名的日本画家之一。1926年出生的他,作为画家获奖无数,包括国际童书界最高荣誉的"安徒生奖"。他在书中讲道,自己小时候就喜欢画画,还不会认字的时候就喜欢盯着画看,不论是招贴画、店铺招牌、杂志插图,只要是有画的地方他都会入迷地看。因为战争和生计,安野光雅做过小学教员,后来还是抑制不住要画画的渴望,辞职做了画家。

我从小也非常喜欢画。在幼儿园的兴趣班里学蜡笔画，到后来的素描、水墨、版画……但这对我来说，不算是"学"，而是"玩"。因为画画时候的感觉让我非常享受，一点也不觉得辛苦，每次画完后都期盼着下一次画画的机会。上了中学，随着课业的加重，渐渐停止了学画，自己只能在空闲时涂鸦。

出名的画家，一幅画价值连城；艺术家的身份听上去也很优雅体面。但是出名的画家凤毛麟角，而且艺术价值与市场价值未必对等挂钩，即便是梵高，生前也只卖出过一幅画。画画不仅需要日复一日的枯燥练习和积累，想要成功还得投入大量的金钱，还有可遇不可求的运气。因此，大部分父母虽然支持孩子将画画当作一门兴趣，却很少希望孩子以画画为职业。

社会上普遍认为考艺术专业的学生都是因为文化课不好，不得已才走艺术这条路。其实，学英语、奥数，学钢琴、舞蹈，有多少是为了孩子真心的喜欢，有多少是当作一个升学、找工作的砝码？这本无可厚非，毕竟在这个竞争激烈的社会，谁都害怕比不上别人家多才多艺的孩子。安野光雅也在书中说，日本的教育过于重视电脑培训之类的技能教育，对于美的教育却不够上心。大概是因为，技能可以直接用于找工作，而对美的感知，却很难火速变现。

的确，美的教育不能立竿见影地收获名利，不能助你走上人生巅峰，它有什么用呢？

"艺术不是技巧的事业，而是心灵的事业。"心灵的事业要人文的底色来滋润。人之所以需要音乐、文学、绘画，是因为它们有助于培养人的"底色"。底色的教育，无法照本宣科，无法耳提面命，必须熏陶培养，须得"于润物之处细无声"。而绘画，就是对美感的培养，对底色的熏陶。

看似无实用的艺术，是人类生存于此世界的证明和结晶。千百年后，多少鲜衣怒马的将军和腰缠万贯的富豪，都模糊在历史的尘埃里；而李白王维的诗歌，贝多芬的音乐，达·芬奇的画作，却超越时间和国界，如珠如玉，熠熠生辉。

艺术的伟大，在于它需要技巧，又超越了技巧。正如安野光雅在书中所说，对于画画这件事来说，爱画的心，比什么技巧都重要。他用简洁幽默的语言，向我们展示了从勃鲁盖尔到后印象派的美术史，也叙述了自己作画生涯的种种感悟，更向爱画的人说明了提升品位的"术"和"道"。

这是一本关于画，又不仅仅关于画的书。它探讨了美、生活和人生的丰富、暧昧和深度。正如安野光雅在书中所说的：

如果说画是展示美的事物，那么美到底什么？

漂亮和美是不一样的，盛开的樱花固然是漂亮的，但枯萎的秋草也是美的。

丰子恺说，要懂得欣赏美，是因为眼睛要吃饭。在当今的和平年代，绝大多数人都能吃饱肚子，并过上丰富的物质生活；但是眼睛和心灵，是否也有足够的滋养？

希望等你看完这本书，四季的风物都会在眼中闪现光辉。春有桃雾柳烟，夏有万顷莲叶，秋有清风朗月，冬有皑皑素雪，无论到何时，只要心中有美的底色，就能不气馁、不浮躁地从容走过艰难困苦，走向自己所向往的明天。

方旭

2019年1月17日于北京

**推荐序**
# 美可以被表现，但无法被定义

也许是个人偏爱，我常常喜欢读"创作者"自己写下的文字，甚于"评论者"。

比如说，相比较专业画评，我更好奇画家自己写的关于绘画理解的文字，即使是日记一般的记录；相比较专业乐评，我也更想读作曲家自己写下关于音乐或生活的一点想法，即使只是些零散的只言片语。

因为视点不同。

评论者是站在创作对面的人，而创作者是身在其中的人。

可能你要说，站在对面，才会"旁观者清"，写出更客观理性的文字啊。的确如此，而这也是自古至今"评论"存在的原因和必要。而我喜欢读的，也许就是那些非理性的，身在其中的作者有感而发留下的东西吧。

因为这样的文字，往往就像是诗歌，必须是沉浸于，甚至是沉醉于生活其中的人才写得出。

读这本《安野光雅绘画人生》，我感觉这不仅仅是"诗歌"，还有非常多的真知灼见以及深入到绘画的技法、构图、历史，以及背后方方面面诸多观点。

安野光雅说自己是以画画为生的人。他写道:"对我而言,不管是不是以画家为职业,作品有没有入选画展,画卖得好不好,都没有关系,只要我活着,画就是我人生的伴侣。这就是真正喜欢画的人的人生。这不是说教,是我自己对自己说的话。"

我对这段话深感共鸣。想起自己选择以"写歌为生"的时候,也是从未想过因为自己的歌不被人喜欢,就认为那些旋律没有价值。它们是我在生活的某个瞬间,自然而然地流淌出来的。我把旋律记录下来,就像是记得自己曾经的一行眼泪,或者一个微笑。我不能否定它们在生活里存在过的痕迹。

艺术是相通的,画画和写歌其实是同一件事,都是对时间的赋型。

绘画是用视觉的方式,而音乐用听觉。

当一幅画呈现在你面前,正如安野光雅所写:"每幅画在被创作的时候,都包含着无法用钟表来计算的时间和画家的思索。画一旦被完成,能够被钟表计算的时间和历史感,就会像尘埃和雪片一样慢慢堆积起来。赏画的人实际上共享了这些时间和历史,因此自然会感到密度无尽地高。"

我想,这是一段非常精彩的表达。

绘画是凝固的时间,而音乐是流淌的时间。每当我站在舞台,看着身边的大提琴小提琴开始陆续拉出第一个音符,就感觉到一种紧迫感,大幕已经拉开,我如乘坐一只小船身在这流淌的音符中起伏,身不由己,却也宁愿沉浸其中,和舞台下的倾听者一起奔赴在这条"河流"中。

至于,"要画什么样的作品"和"要写什么样的歌",在我看来也是同一个问题。安野光雅说,被"想画画"的冲动所驱使而画,梵高也是如此。而就我的个人经验来说,往往旋律也是这样诞生的。当我在走路、读书的时候,突然有一段"旋律冲动"闪现出来,我都会立马停下手边的事,将它记录。某些时候,并不是自己意识里要写什么样的旋律,而是好像只是担当了一个记录者的角色。

关于"美"是什么,安野光雅提到了东西方殊途同归的两种表达。一句是来自日本古典随笔《徒然草》里的话:"盛开的樱花和明朗的月色,世人所能观赏的,难道仅此二者?"另一句是来自托尔斯泰的话:"美可以被表现,但无法被定义。"

难道你不认为,"人生"也是一样吗?

独立音乐人 / 程璧

2019年3月7日于东京

推荐序
# 一生之趣

我很喜欢看艺术家写的自己与艺术的羁绊、对艺术和美的思考这类文字。石涛的《谈谈诗 聊聊画：苦瓜和尚画语录》、梵高的书信集、马蒂斯的谈艺录，等等，这些书和文字有对艺术理论的探讨，有具体创作体验的思考分享，还有艺术家追寻美的心路历程的记录，每每读这些书，我都有种隐隐的窥探感，原来这些艺术家被艺术熏染的人生是这样的，原来艺术家的审美意趣是这样养成的。

《安野光雅绘画人生》一书也是这样的文字。安野光雅现年已90多岁，可能是他绘本作家的身份，让他的文字有了更接近孩子般的质朴纯真的气质。

这样的感觉从开篇第一章"看画的享受"就开始了。安野光雅说看画是他从小就有的习惯，其实每个人应该都是这样的。人是依赖视觉存在的生物，对图像天生敏感。我小时候住的房子是座古厝，房子的墙壁上画满了花鸟虫鱼、渔樵山农题材的画，还有很多图文结合的有吉祥寓意的抽象文字。这些美妙的图画笼罩了我的整个童年。我所居住的空间是我的艺术启蒙之地，也是我人生中的第一座"美术馆"。

我家房屋檐前走廊的墙上画历经两百余年的风吹雨打，虽涂料褪去，但依稀能辨认面上有树，树下有一个荷锄老农的身影。还有三两只麻雀，看得最清楚的一只，身上的羽毛我细细数过，是一片一片排列的方式画出来的。画的边框外有墨青色，靠近屋檐的边缘区域因为受风雨侵蚀少，颜色还保留得很清楚。画匠是谁早就不得而知，但是他的画却在跨越了两百多年后滋养了童年的我，作为他的"灵光"的一部分，在我身上继续存活。长大后在学习的过程里，看到中国传统绘画中的"马一角""夏半边"的构图方式，看到倪瓒简淡的山水，我突然明白这个画匠的趣味来源。他肯定是喜欢那样的风格，学习并掌握了那样的画法才在我家的壁墙画了这种题材风格的画吧。抑或是我家先人的趣味决定，授意他这样画的。这让我萌生了一种和数百年前的灵魂心心相印的感动。为什么要去看画呢？说的就是这样的感受。

安野光雅先生说："看画并不能填饱肚子，但是一个人站在美术馆的画前认真思考的时光，难道不能让心灵感到充盈吗？"

我对这点深有所触。我小的时候愚昧无知，觉得印象派绘画就是潇洒恣意涂抹的结果，看了真的画作才知道笔笔都是用心经营，处处都是精致。看到修拉才知道点彩派绘画不是随便点，那简直可以说是精密的科学计算一样的绘画方法。虽然这些对画的解析也曾在书中看到，但是具体到作品前才是自己第一次"发现"的过程，真正的用自己的眼睛看，用自己的身心去感觉、去思考，才有意义，才能将感受更深刻地刻印在心里。

人们面对美丽事物心有所感。对生活美的感知，是可以在看画的经验中不断磨炼的。

安野光雅在绘画中感受到了欣赏的愉悦。同样是用眼睛看,他说去美术馆欣赏画甚至比去大自然观赏能获得更多美的"密度"。所谓"密度"是指,美术馆中的作品是艺术家对所见之物花费了大量心力去构思、创作出来的。而这些人力、时间会有"像雪花般"堆积起来的历史感,赏画的人共享了这些时间和历史,因此能感到"密度"无尽的高。而看画的过程"以他人的眼光观看欣赏,以自己的方式重新思考",才是正确方式。

看画确实是一个更广阔的链接古今中外世界的方式。每个人都应该去看、去体验更多更好更美的东西。有好东西的滋养,人生不是才会更丰盈吗?

他还破除了人们对画画的"敬畏"。对开始画画的人来说,技巧并不是最重要的,没有比"喜欢画画"更好的基础了,而要成为画家也没有什么捷径,要画好画,只需有以下两种内心姿势:

1.把画画作为事业,不管喜不喜欢,一律动笔画。

2.被"想画画"的冲动所驱使而画。

如果你喜爱绘画艺术,想要发展自己对绘画的兴趣,那就开始吧。去看、去体验、去思考、去动手。真的!诚如安野光雅先生所言:有绘画的人生,真是太好了!

愿你找到艺术方面的一生之趣。

三五锄艺术课程设计师、知名儿童场景展览策展人 / 阿季

三五锄创始人 / 粲然

津和野，鹫原

# CONTENTS 目录

## 1 看画的享受
### 让人心满意足的美妙时光

002 / 爱看画是我从小的习惯

007 / 画不能填饱肚子,但能充实心灵

009 / "美的"和"漂亮的"

013 / 为什么要去看画

015 / 绘画是我人生的伴侣

017 / 如何画出好的作品——画画的两种内心姿势

022 / 名画里的发现和沉醉

## 2 一幅好画是如何诞生的
### 从勃鲁盖尔的画作中追根溯源

031 / 《三贤士雪中来朝》

033 / 描绘出雪花的重量

035 / 属于大自然的东西是很难靠想象画出来的

038 / 伟大的绘画作品是如何诞生的

068 / 关于远近法

075 / 如何正确解读一幅画

080 / 文艺复兴下新艺术运动的壮大

## 3 与画共生
### 梵高的印象派时代

088 / 科学时代的艺术发展

090 / 照相机与绘画

095 / 线条是画家思考的痕迹

097 / 宫廷画家的没落

099 / 印象派之光

102 / "留洋"的画坛

104 / 梵高的一生

126 / 印象派的遗产

## 4 让画回归纯朴
### 稚拙画派——业余画家的骄傲

136 / 画作的好坏,不以画家的专业或业余为考量

138 / 皮罗斯马尼和"一百万朵玫瑰花"

140 / 人生没有太晚的开始

142 / 稚拙派的天使——亨利·卢梭

144 / 稚拙派的骄傲

## 5 看不懂的画
### 欣赏抽象画的眼光

150 / 抽象画里也有写实的力量

155 / 抽象画的艺术价值

157 / 抽象画里的真伪

161 / 画的艺术价值和市场价格

164 / 从拉斐尔前派到抽象画的世界

## 6 给开始画画的人
### 技巧并非要紧的问题

*168* / 没有比"喜欢画画"更好的基础了

*171* / 我的绘画工具

*183* / 裱纸：静下心来是秘诀

*185* / 画画是场寻爱之旅

## 7 绘画人生
### 欣赏的快乐 绘画的喜悦

*194* / 以自己喜欢的方式生活，人生就很完满

*197* / 画自己喜欢的事物

*199* / 如果很喜欢画画，那就努力吧

*204* / 开个展的心情——如坐针毡

*206* / 有绘画的人生，真是太好了

## 后记

1
/
让人心满意足的
美妙时光

英国，科茨沃尔德的田野

## 爱看画是我从小的习惯

我自小就喜欢看画。只要有了书,怎么着都成。那时候的书可不像现在这样,只有那种摆在粗点心店里卖的小画册可看。

我还记得在富山的药店里,陈列着的小画片,上面画着"不要一起吃的食物",提醒人们哪些食物相克,不要一起吃。那上面画着"鳗鱼和梅干""螃蟹和冰水"之类的食物。就算是那样简陋的画,我也看得欣欣然。

对于这么爱看画的我来说,杂志毫无疑问是画的宝库。所以还不会认字的时候,我就找杂志里各种各样的画来看。不论是封面、插图还是漫画,我都想看。画里有骑着马、穿着铠甲的武士,也有会飞檐走壁的怪盗鼠小僧[1],以及梳着岛田髻[2]的美人们。因为我觉得很有趣,所以常常以画里的人美不美来判定这画的品位,进而认为这与插画的技艺好不好有很大的关系。(当然了,并非如此。虽说上村松园[3]和镝木清方[4]所留下来的美人画不少,但万铁五郎[5]和毕加索所画的美人,却很难说符合世俗的审美标准。虽然说下面的图题名为《裸体美人》,但画中人与世俗眼光中的美人还是不太一样的……)

万铁五郎
《裸体美人》
1912年，东京国立近代美术馆

说起来，那时候报纸上连载一部小说叫作《蛇公主》，插画是岩田专太郎[6]所画。画中的美女，头发分成两股，垂在脸颊两边。据说名演员长谷川一夫[7]曾经就如何把鬓发散乱得好看，而向岩田专太郎学习。

虽说我现在明白，画中人是不是美人，并非这幅画好坏的判断标准，但最初的时候，我的心确实都被美人给夺走了。大概是小学五年级的时候吧，我无意中看到了一幅画，画中的少女美得不像这世间之人。不知怎么地，我感觉"看到了不能看的东西"，马上把书合上了。如果真的不想看，从此以后不看就是了；但是每次翻到那一页的时候，我还是"啪"地打开，又"啪"地合上。也是从那个时候起，我开始朦胧地通晓人事。但是在那之后，我再也没做过类似的事情。即便是喜爱的女演员的海报，我也不曾贴在房间的墙上。我想就是那幅画吸走了我所有的少年情欲吧。

我老家的房子里有几扇屏风。岛根县[8]的津和野非常寒冷，到了冬天人们会在枕头边放一面屏风，以抵御从屋子缝隙吹进来的冷风。其中一面屏风上画着一位仙人静坐在山崖之上的草庵里，山崖下的小路上，有牧童牵着牛走过。还有一幅屏风，画着两个童子模样的人在纵声大笑。现在想来，那一定是寒山和拾得[9]了。我清楚地记得还有一幅画，画着一只吐息微弱的大蛤蟆，蛤蟆背上站着一位手结佛印[10]的仙人，仙人口中衔着一卷文书。还有一幅屏风是扇面的，扇形的中间画着一位身穿十二单衣[11]的公主，像是皇家绘卷一样。不知怎么地，从那时起，我就很讨厌扇面的形状，记忆中只有一次在扇面上作画的经历。

除了这样的屏风画，画还有很多种，其中，杂志就是复制品。与

上村松园
《萤火虫》
1913年,东京山种美术馆

之相比，神社里的绘马[12]就是亲手绘制的作品。还有，专门为人制作招牌的招牌店里的画，也是亲手绘制的，我曾一度觉得没有比那更有趣的工作了。写字的时候虽然也算有趣，但衣柜店的招牌新娘画则是最棒的了。但是，我至今也没有看到谁再把它画出来。不过，我儿子却说他曾经看过，说有一种应该被称为参考书的新娘画。儿子向我描述了一边看着这样的画，一边画画的情景，我心里暗自懊恼：我也很想看一看啊！爱看画是我从小的习惯，现在也还是如此。

我突然想起来一件事。我妈妈的老家，同一个屋檐下的邻居开着一家酱油店。酱油店的后门处，时常贴着小幅的画画用纸，上面用蓝色墨水画着戏剧的海报图——其实是作画人虚构的戏，实际上并没有那样的戏上演。因为图画和文字配合得非常好，我自己都看入了迷。等长大后，读到香月泰男[13]先生的夫人所写的文章，方才恍然大悟。据说香月泰男的母亲早年丧夫，后来就是改嫁到了我家隔壁的那家酱油店。再一问，才知道那时候的香月泰男还是中学生，时不时地会来母亲这里玩。现在想来，那些海报画，应该就是少年时代的香月泰男所作。真是令人高兴啊。

看电影的时候，只要出现画画、写生之类的场景，我就变得激动起来。但是对着荧幕，只能看到画布的反面，我忍不住想转过去看看画布的正面究竟画的是什么。但是我也知道，那是电影，演员只是装作在画布上作画，而实际上什么也没画，也就没什么可给我看的。

就这样，不知从什么时候起，孩提时代的我喜欢上画，立志要成为画家。即便现在没能成为画家，小时候起就非常喜欢画的人，应该是有很多的。

# 画不能填饱肚子，但能充实心灵

古话说"三岁看老"。自从我从事绘画这门工作后，参观了很多美术馆，比如大原美术馆[14]，还有法国、意大利的美术馆。但直到今天，我还非常珍视小时候所看到的画。

立轨会[15]的须田寿[16]前辈曾说过："美术没有高下之分。"我只要一想到这句话，就不禁心荡神驰。虽然画画有熟练和不熟练、画得好和画得不好的区别，但是想要画画的志向却是没有上下差别的。

有些人一旦在美术展上展出了自己的画，就会变得瞧不起招牌上的画、玩具洋画片上的画、旧时洋火柴商标上的画。我挺讨厌这类人的。别看这些家伙趾高气扬，要我看，能够像在旧时火柴商标上那样充满创造力地作画的人，不是说少，而是几乎没有。

看画并不能填饱肚子，但是一个人站在美术馆的画前认真思考的时光，难道不能让心灵感到充盈吗？从这个意义上说，画虽然不能填饱肚子，但是却能充实心灵。

与静止的画相比，电视节目又说又跳的，不给观众一点缝隙时间去思考和怀疑所看到的东西。而画，正是因为不会动、不会说，才有意义。看画的人如果不发挥自己的主观能动性,画就什么也不是。所以,画和文字是人们沉思默想时的"谈话"对象。

当你看静止的画时,不要有先入为主的成见,最重要的是用自己的眼睛去看,用自己的头脑去思考。这就如同人们在选择结婚对象时,不会只凭别人的意见就做出决定。就算别人都说这画好,只有你自己觉得不好,也是挺好的事情。

绘画,是画本身,和看画的人共同完成的艺术。从这一点看,可以说画扩展了世界的范围,这也是我们常说的"美丽"所在。

人们面对美丽事物心有所感,这一点不仅仅可以从自然中学到,还可以从看画的经验中不断磨炼。

## "美的"和"漂亮的"

以前，我读过很多绘画的入门书。这些书上都说，"画是为了展现美"。这种不约而同的说法，就像是印章一样印盖在各种书上。

这个说法就像咒语一样，曾深深地让我执迷。"美"，到底是什么呢？我以为只要知道了这个答案，就能成为高明的画家。托尔斯泰曾说过，"美可以被表现，但无法被定义"。于我心有戚戚焉。但是关于"美究竟是什么"的问题，我还是一知半解。

"美"是一个很通俗的词汇，所以经常被使用。但是其中暧昧的意味，却像是有魔力的烟一样把人卷住。人们一遇到自己不太懂的东西，就用"美"这个形容词来糊弄自己，真的是有点危险啊。

那么"美"究竟是什么，这就像在大学课堂里谈论"美学"一样，是一个宏大的课题，并非三言两语就能说清楚的。为了探索什么是美，我曾仔细研读过岸田刘生[17]的书《美的真相》（讲谈社学术文库）。这本书给我留下最深印象的，是这句话："美"和"漂亮"是不一样的。《美的真相》这本书似乎就是为了这句话才存在的。虽

岸田刘生
《微笑的丽子》
1921 年，东京国立近代美术馆

说"漂亮的东西"也不错，但是终有一天会厌倦的。不论何时看到都会令人心动的东西，着实少之又少。

这本书最近出了文库本[18]，我又重看了一遍。一边看，一边想：我年轻的时候居然在看这么艰涩难懂的书啊。看到书里说"画家是传递美的使者"，不禁苦笑起来。这话听起来，就像是自言自语、自我鼓励，读了能让人高兴。虽说身为画家，说出"我是美的使者"这样的话，是个人的自由；但如果不是从他人口中说出的，就没有多大的可信度。

我虽然不知道现在的社会怎么样，但是在苏联，画家是很受尊敬的。但是，如果不是体制内的画家，好像又另当别论了……但总之，苏联人对艺术家是尊敬的，他们会因为"那个人是艺术家""那个人是芭蕾舞者"这样的原因，而觉得"不给他们吃点好的，就太可怜了"。而那时候大部分人都只吃着公家分配的粗茶淡饭。在纽约，有专门为艺术家而建的廉租公寓。虽说每个人的职业都应该是平等的，但是顶着"艺术家"的名号做事，就能得到这样的优待。

而在日本，艺术别说是被优待了，就算在义务教育阶段，美术课不是被取消，就是被减少。在以"科学发现"为国策的时代，"美"的教育被认为是不实用的东西，人们认为只要彻底贯彻"电脑教育"就足够了。但我不这么认为。不论是科学，还是艺术，都具有"创造美的事物"的共性，它们共同具备的感性和固执的努力，能够开拓新的境地。即便努力是为了名利，但能够让这份努力持续下去的，是被美丽事物所吸引的感性。从这个意义上来看，美术教育时间的减少，确实是一件憾事。

"'美'和'漂亮'是不一样的"……这是值得倾听的道理。

"漂亮"的反义词是"肮脏"，但"美"却也包含了肮脏丑恶的部分。比如，格吕内瓦尔德[19]的知名作品——科尔马[20]教堂中的祭坛画，画中耶稣的眼皮上，长着巨大的肿瘤，压得眼睛都睁不开了。还有金子光晴[21]的诗《大腐乱颂》，描绘了人死亡之后从腐烂到回归尘土，诗中对这种自然现象大加称颂。像这样乍一眼看上去很丑恶的东西，却也不是不能打动人心。春天盛开的樱花是美丽的，秋天褪色的枯叶也是美丽的。《徒然草》[22]有云："盛开的樱花和明朗的月色，世人所能观赏的，难道仅此二者？"[23]就是说世间的美，不仅限于一眼看上去完美的事物。

　　如果用一句话来概括"美"给人的感觉，就是让人心动。不论是自然还是艺术作品，没有打动人心的力量都行不通，但观看的人也必须有感知美的"感性"。如果再往深一层推进，欣赏的人需要有发现美的能力。也就是说，"美"这种麻烦的东西，与其说是作为对象的"美的东西"，不如说是观看者自己的感性的责任。

## 为什么要去看画

"人为什么要去看画呢？"关于这一点，我有一些想法。

比如说，去欧洲旅行，一边走一边观赏山川河流，或者乘坐巴士游览一整天，也比不上在美术馆中所能欣赏到的美景。我曾经和一位叫濑田贞二的前辈一起去英国旅行。白天我们各玩各的，到了晚上再一起吃晚饭，互相夸耀自己当天看到的景色。濑田贞二说了他在书店看到各种各样的书，在美术馆看到的令人印象深刻的画。他说得舌灿莲花，和他比起来，我虽然一整天都沉浸在风景中，充分欣赏了大自然的美，但是要我举例说说我看到了些什么的话，除了山、花、树、人之外，好像也没有什么了。我们两个都睁开自己的眼睛，用同样的时间去观赏，但是濑田贞二所看到的美的"密度"却比我的大。我要是带着速写本一边走一边写生就好了，但是那时候我没有带画具，除了看风景什么也没做。

因为有了这样的经历，我就往美术馆去得勤了。但话说回来，自然风景的美自不待言，但美术馆所展示的美却让人感觉"密度更高"，这是什么原因呢？

想来，过去的画全都是花费了大量的时间才完成的。每幅画在被创作的时候，都包含着无法用钟表来计算的时间和画家的思索。画一旦被完成，能够被钟表计算的时间和历史感，就会像尘埃和雪片一样慢慢堆积起来。赏画的人实际上共享了这些时间和历史，因此自然会感到密度无尽地高。

## 绘画是我人生的伴侣

因为我是以画画为职业的,所以在看画的时候,心里所想的可能会和其他人有所不同。年轻的时候,看到别人的画,觉得都不错,心里会觉得自己不如别人,隐隐地有些遗憾。啄木[24]有句诗"看到朋友比我更出色的日子里"[25],说的就是我这种心情。

年轻的时候,我感觉自己就像处于马拉松比赛的起点上,裁判员"砰——"地发出枪响后大家都飞驰出去,只有我在最后面追赶着。实际上我对真正的马拉松也不在行,就更加有这种落后于人的感觉。跑道前面有莱昂纳多·达·芬奇(1452—1519),和这么优秀的大人物一起跑,当然会觉得吃力。后来我才意识到,艺术之路并非一条直线,也会有山路,跑着的人们之间,并不是竞争的关系。

一旦开始画画,就会面对"出席画展"这样的问题,因此无论如何,画家之间看起来都会像竞争的关系。如果能够入选画展,获得好评价,对个人来说,是件高兴的事,也是对自己的鼓励。但同时我认为,画家要有好心态。把"出席画展"当成一件普通的事,即便落选，也不要想着就此放弃绘画。如果有人一遇到挫折就想放弃，即便他不做画家，做别的事，也会遇到困难的。

对我而言，不管是不是以画家为职业，作品有没有入选画展，画卖得好不好，都没有关系，只要我活着，画就是我人生的伴侣。这就是真正喜欢画的人的人生。这不是说教，是我自己对自己说的话。

前面我写道，要用自己的眼睛和头脑去欣赏画，但那是理想状态，实际上，能做到这一点是非常难的。但最低限度，要做到能以第三者的视角客观地看待自己的画，如若不然，就只会陷入沾沾自喜的愚蠢境地。

要做到"客观地"看待自己的作品，不仅仅是在绘画领域，在诗歌、写文章，以及所有涉及"表现"的领域，都是十分重要的。如果能做到这一点，作品就有八成及格了。

因此，虽然我一直主张在观看别人的作品时，一定要做到"将自己完全沉浸在画中，让心灵接受画的洗礼"，但更多地，我希望能够学习到"以他人的眼光观看欣赏，以自己的方式重新思考"的态度。

## 如何画出好的作品——
## 画画的两种内心姿势

　　但是，在欣赏过去的大师的作品时，就不是这样了。比如，达·芬奇、波提切利[26]、弗拉·安杰利科[27]、伦勃朗[28]等大师，对我来说是非常遥远的存在，在他们的作品面前，我只有跪倒叩拜的份儿。

　　维米尔[29]、夏尔丹[30]等画家，因为年代稍微近一些，为了表达敬畏之情，我姑且行脱帽之礼。安东尼·塔皮埃斯[31]、保罗·克利[32]的时代更加近一些，他们都是我特别喜欢的画家，因此我也希望能够做到像他们一样。但同时也不断告诫自己，有可能没办法做到。

　　与这些大师相比，现在的人是怎么样的呢？明明努力就有可能成为一个合格的画家，要是做不到就是画家失格。看到优秀的作品，觉得自己望尘莫及，但还是要参加画展。有时候我去看这些画展，精神受到打击，觉得太累，想着要是没来就好了。

　　我曾去过法国西南部的蒙特尼亚村，参观那附近的拉斯科洞窟壁画。（真品是非公开的，我所看到的只是高度近似的复制品而已……）1940年的一天，当地的少年在洞窟中不经意地抬头，发现了洞窟壁上画着牛和马之类的图案。这是个令人震惊的发现，壁画

波提切利
《春》
1481年—1482年,佛罗伦萨乌菲齐美术馆

拉斯科的洞窟壁画
法国西南部多尔多涅地区

是石器时代的产物，距今已两万多年。拉斯科壁画堪比西班牙的阿尔塔米拉洞窟壁画，作为人类历史初期的艺术作品，它将永载美术史的重要一页。"石器时代的人也很能干嘛"，在看画的时候，我作为一个现代人，想当然道。

看完画的那天晚上，我思考良久。我今天在观看壁画的时候，洞窟里面有照明的电灯，但是在石器时代，洞窟里面绝对是完完全全的黑暗。想象着石器时代的人，一边点着火把，一边蜷着腿作画，真是个苦差事。马和牛的素描线条充满张力，即便是两万年后的我，想也未必画得出来。与古代的壁画相比，今天的电脑绘图是多么轻浮的东西啊。这么一想，就会觉得人类所谓的"进步"，并没有什么了不起。科学虽然在进步，然而可惜的是，美术的世界并未同样进步。

"我是不是画不出这样的作品？"如今回想起这个疑问，我认为要画好画，需有以下两种内心姿势：

1. 把画画作为事业，不管喜不喜欢，一律动笔画。（比如，即便被要求画的作品与自己的意见相左，也要画。找上门的工作，不论是插图、插画、书本装帧设计，等等，全部都画。）

2. 被"想画画"的冲动所驱使而画。（即便不是能获得报酬的工作，也想动笔画。不考虑别人的想法，画出自己真正想画的。梵高就是这样。）

从第一点来看，拉斯科的壁画也是年轻人画的画。但如果没有第一点的"强制"和第二点的"冲动"，就画不出拉斯科壁画那样的作品。

这两个条件，二者只具其一，就能成为像维米尔一样伟大的画家。事实上，我所参观的拉斯科洞窟壁画，是今人所画的复制品。但是，真品和复制品，终究不能说是一个世界的东西。

维米尔
《窗前读信的少女》
1657年,德国德累斯顿国立美术馆

## 名画里的发现和沉醉

有时候没办法亲自去美术馆，就翻看画册中的复制品。但看复制品，无论如何都与看真品感觉不同。比如维也纳艺术史博物馆里收藏有很多勃鲁盖尔[33]的作品，未见真迹之前，以为他的画颜料涂得很厚。实际上，并非如此：画布上所画的树木的表皮，就像近在眼前似的。那个时候，画画的颜料不是像今天这样一管一管地卖，大多都是在自家作坊里自产自销。如果把颜料挤一大堆，会很浪费，所以很少有人会大量涂抹，还有画的尺寸也有充满说服力的意味。而且在勃鲁盖尔的画里，充满了各种小细节，如果要在博物馆里仔细观看的话，时间肯定不够。所以，我只有去看画册，这样的情况也是不少的。

如果仔细看米勒[34]的《晚钟》，就会发现遥远的天空有鸟儿飞过。这个细节在复制品里是看不到的。当初发现这一细节的时候，我就感觉自己是第一个发现者似的，非常高兴。不论看多少遍《晚钟》的复制品，我的脑海中都会挤进关于这个细节的回忆，一次次确认。

J-F 米勒
《晚钟》
1875 年，巴黎奥赛美术馆

所谓"发现",本来是指自己先于其他所有人,发现了一件事;但这里我想表达的"发现",是其他人虽然已经知道,但是自己是第一次发觉的过程。要想体验这样的过程,如果听了太多解说,就办不到了。如果不是用自己的眼睛看、用自己的身心去感觉,去思考,就没有意义。但是,这也很容易陷入自己想法的牛角尖。不过这就跟看推理小说时,自己推测犯人是谁一样,没什么不好的。只是终究要明白,自己所有的解读都超不出自己所揣测的范围。否则,就会过度解读美术作品。

"这幅向日葵象征着太阳,讴歌了人类的生命力。"——有人在梵高的画前这么解说。像这种硬把本来没什么深意的作品扯上深奥的意思,乍看之下,显得充满文学感、哲学感,让人易于接受,但实际上又如何呢?

如果是作者自己对画的解读,那我无话可说;但如果是要表达明确的意思,还是写上文字比较好。日本中世的绘画作品里,就有在画里插入对白、写上文字的例子。无论怎么看这都是最好的方法。人心真正怎么想的,是无法用肉眼看见的,所以绝对不能把自己的想法强行解释为作者的本意。

你可以推测"我认为作者大概是这么想的",但绝不能判定说"作者就是这么想的"。这一原则不仅仅适用于画,而是放之四海而皆准的。

占卜师常常断言一些无法知道真假的事情,心理学者也干过这样的事。《金色夜叉》[35]的书里写道"阿宫心里这么想",用来断言别人心里所想的,但那仅限于小说作者描写出场人物的心理活动。有时候作者还能写出猫的心理活动呢[36]。

但是也有例外，比如人物特定的动作代表特定的意思，人物的家族徽章、国旗也有特殊的意思。特别是除基督教之外的宗教画中，含有长期积蓄下来的丰富意味，它们等待被解读，甚至可以作为图像学来做专业的学术研究。

勃鲁盖尔的画里充满了谚语和暗喻，可以说是"作者本人所表达的意思"，所以有解读的价值。日本学者森洋子有关于这方面研究的专著[37]。

## 注释

本书注释均为译者注。

1 鼠小僧,传说中日本江户时代的怪盗,可飞檐走壁。

2 岛田髻是江户时期女人间非常流行的一类发式,多见于未婚妙龄女性,艺伎或者是花柳界的游女之中。

3 上村松园(1875—1949),生于京都,是明治、大正、昭和时期十分活跃的女画家,以日本画的传统手法为基础描绘出格调高的美人画。

4 镝木清方(1878—1972),日本近代画家,擅长美人画、人物画、社会风情画,与上村松园、伊东深水等人齐名。画风清雅,情调丰富。

5 万铁五郎(1885—1927),日本大正时期先锋派油画家。

6 岩田专太郎(1901—1974),日本著名插画家。

7 长谷川一夫(1908—1984),日本名演员。

8 岛根县位于日本本州岛的西南部,古称"出云国"。

9 唐代天台山国清寺隐僧寒山与拾得,行迹怪诞,言语非常,相传是文殊菩萨与普贤菩萨的化身。

10 佛教中,不同的手势具有不同的含义,称为"佛印"。

11 十二单衣,是日本平安时代命妇以上的高位女官穿着的朝服。

12 绘马是日本人许愿的一种形式,大致产生在日本的奈良时代。绘马是一个长约15厘米高约10厘米的木牌,在上面写上自己的愿望、供在神前,以祈求得到神的庇护。

13 香月泰男(1911—1974),在二战后,被前苏联军作为战俘押送西伯利亚进行劳动改造。后来香月泰男以此为主题创作的画,大受注目。

14 大原美术馆是由仓敷企业家大原孙三郎于1930年设立的日本第一所以西洋美术为中心的私立美术馆。这里收藏了埃尔·格列柯的《受胎告知》、莫奈的《睡莲》等巴比松画派、印象派以至现代的西欧美术代表作。此外,还收藏有岸田刘生的《童女舞姿》等在明治时期以后的日本近代美术史上具有重要意义的杰作。

15 立轨会,日本的艺术团体。

16 须田寿(1906—),日本画家。

17 岸田刘生(1891—1929),日本近代西洋画画家,曾于白马会研究所学习西洋画,画风近似后期印象派和野兽派,后受到丢勒和凡·艾克等绘画大师的影响,追求写实。1915年参与创立草土社,成为其中心人物。晚年对早期浮世绘和宋元绘画发生兴趣,致力于西洋画的日本化。代表作有《丽子像》等一系列作品。

18 文库本,一种廉价且外型便于携带,以普及为目的的小开本出版物。

19 格吕内瓦尔德,16世纪一位专擅祭坛画的画家,是德国文艺复兴绘画中最不可思议的画家之一。

20 科尔马是法国东北部阿尔萨斯的一个小镇,也是上莱茵省首府,位于莱茵河支流伊尔河以西,孚日山以东。

21 金子光晴(1895—1975),日本诗人。本名保和,生于爱知县,美术学校肄业。1919至1921年间流浪法国。1923年出版诗集《黄金虫》。

22 《徒然草》是与清少纳言的《枕草子》并称日本随笔文学的双璧,写于日本南北朝时期(1336—1392)。作者吉田兼好(1283—1350),随笔家、歌人。

23 《徒然草》第137段。

24 石川啄木(1886—1912),歌人、诗人、评论家。原名石川一,石川啄木是他的笔名,并以此名传世。周作人曾翻译过他的诗歌作品。

25 原文:"友がみな 我より伟く见ゆる日よ 花を买いて 妻とたしなむ"。大意:看到朋友比我更出色的日子里,我买来鲜花,与妻子把玩。

26 桑德罗·波提切利(Sandro Botticelli,1445—1510),15世纪末佛罗伦萨的著名画家,欧洲文艺复兴早期佛罗伦萨画派的最后一位画家。

27 弗拉·安杰利科(Fra Angelico,1387—1445),意大利佛罗伦萨画派画家。原名圭多·迪彼得罗(Guido di Pietro),约1420年左右进入修道院,取名菲耶索基的乔瓦尼(Giovanni da Fiesole),安杰利科(意为天使)是后人给他的美称。

28 伦勃朗·哈尔曼松·凡·莱因（Rembrandt Harmenszoon van Rijn，1606—1669），欧洲17世纪最伟大的画家之一，也是荷兰历史上最伟大的画家。

29 约翰内斯·维米尔（Johannes Vermeer，1632—1675），荷兰优秀的风俗画家，被看作"荷兰小画派"的代表画家。代表作品有《戴珍珠耳环的少女》《倒牛奶的女仆》《窗前读信的少女》。

30 夏尔丹（Chardin, Jean-Baptiste-Siméon，1699—1779），法国18世纪市民艺术的杰出代表画家，画风平易、朴实，具有平和亲切之感，反映了新兴市民阶层的美学理想。

31 安东尼·塔皮埃斯（1923—2012），西班牙前卫画家、雕塑家。世界代表性的抽象艺术大师，20世纪欧洲先锋艺术的先驱。他以抽象艺术和绘画媒材的大胆运用闻名于世。

32 保罗·克利（Paul Klee，1879—1940），瑞士画家，画作多以油画、版画、水彩画为主，代表作品有《亚热带风景》《老人像》等。

33 彼得·勃鲁盖尔（Bruegel Pieter，约1525—1569），16世纪尼德兰地区最伟大的画家。一生以农村生活作为艺术创作题材，人们称他为"农民的勃鲁盖尔"。

34 让·弗朗索瓦·米勒（Jean-Francois Millet，1814—1875），19世纪法国最杰出的以表现农民题材而著称的现实主义画家、法国巴比松派画家，以乡村风俗画中感人的人性在法国画坛闻名。代表作品有《拾穗者》《晚钟》等。

35 日本小说家尾崎红叶（1868—1903）所作小说，描写一对青年男女的爱情与金钱的碰撞悲剧。

36 这里指夏目漱石（1867—1916）的代表作《我是猫》。

37 森洋子《勃鲁盖尔的小孩游戏》（ブリューゲルの〈子供の遊戯〉），未来社。

# 2 / 从勃鲁盖尔的画作中追根溯源

西班牙卡达凯斯小镇

勃鲁盖尔
《三贤士雪中来朝》
1567年,温特图尔奥斯卡·莱因哈特艺术馆

## 《三贤士雪中来朝》

如前所述,勃鲁盖尔的作品大多收藏于维也纳艺术史博物馆,包括名作《雪中猎人》《巴别塔》,以及其他以季节为主题的连续作品。不论是哪一幅,里面的内容都非常丰富,让人绝对做不到看一眼就能转身离去。

十几年前的一天,我造访了瑞士的一个叫作温特图尔的地方。那里的森林中,有个奥斯卡·莱因哈特艺术馆,展出私人的藏品。在那里,我见到了很多名家的画作,比如卢卡斯·克拉纳赫[1]的作品。在房间的壁炉上方,装饰着一幅画,疑似是勃鲁盖尔的。虽然画得非常逼真,但我心想在这种深山野林里难道会有真品?于是半信半疑地回去了。后来有机会见到了这方面的专家森洋子,她告诉我"那就是真品"。

稍微了解后,知道了那幅画就是《三贤士雪中来朝》。

耶稣在圣诞节出生,因此画的背景是冬天。但是耶稣诞生地的伯利恒[2]位于今天伊斯兰的占领地,不知道会不会下雪。在这幅画里,勃鲁盖尔使用了很多创造性的表现手法,其创新程度堪比画了位黑皮肤的耶稣和玛利亚。画中,本应是主角耶稣的诞生场所——

小马棚,被画在了角落里,而汲水的人、溜冰的孩子等场景却表现得非常多。与其说画家主要想表现耶稣生辰,不如说画家画出了他所在的布兰德村庄的日常风物。

这幅画的有趣之处在于,它的舞台实际上不是伯利恒,而是勃鲁盖尔最熟悉的布兰德村。如果在今天画这样的画,马上就会引来"伯利恒可没有这样的建筑"之类的投诉,从而让画家感到为难吧。

勃鲁盖尔
《雪中猎人》
1565年,维也纳艺术史博物馆

## 描绘出雪花的重量

我在画册中还看过勃鲁盖尔的其他名作,例如《伯利恒的户口调查》《伯利恒婴儿虐杀》等,无论哪一幅都画的是雪中的风景。(我想象中,虽然不知道画中婴儿被屠杀的日子里,到底有没有下雪,但像这些有很多出场人物的画作,与白雪的背景很相宜。至于为什么,请各位读者自己想一想。普拉多美术馆的藏品《死亡的胜利》,其背景就不是雪景,但画了很多身着白衣的人物。)

《三贤士雪中来朝》这幅画里,就画了飞舞的白雪。有人认为这些雪花是最后才画进去的,但只要仔细观察,就会发现雪点并非机械地画出来的。所谓机械地作画,是指重复做同样的事情,就像用印章"砰砰"地盖戳,从而提高效率的意思。当然这与画画不是完全一样,但是蘸了颜料的笔连续不断地画点,无论如何画出的点的形状都会雷同。这样的话,笔尖的小折痕所画出来的雪点,就会显得相当不自然。勃鲁盖尔是一笔一笔仔细画的,所以雪点的大小和形状都各不相同。虽然这对提高效率来说没什么好处。这种画法充分地表现了下雪天的感觉,让人感到了一边飘舞一边下落的动感。

勃鲁盖尔
《伯利恒的户口调查》
1566年，布鲁塞尔皇家美术馆

  从远近法来说，远处的雪花小，近处的雪花大，但也并不是完全这样。真的去看下雪的话，远处的雪花是缓缓飘下，近处的雪花下降得快一些。与此类似的是，在电视画面中，人在森林中跑步的时候，远处的树木静止不动，近处的树木不断地后退。

  观看电视机中的风景时，虽然只是一双肉眼，但在静止不动的景物上加上飞雪后，就强调出了远近。《三贤士雪中来朝》虽然是静止的画面，但雪花所担当的角色非常重要，起到了很好的修饰效果。

## 属于大自然的东西是很难靠想象画出来的

如果是画冬天的景色，树木都没有叶子，所以树木那边的风景也能看得见。勃鲁盖尔在枯木上加上夏天茂密的树叶，画的样子就完全变了，原本看得见的风景被叶子遮住变得看不见了。勃鲁盖尔的画大多是这样的风格，如果有大丛的树木的话，就和其作品《圣保罗的皈依》里面的树木差不多。这些茂密的树木所营造出的空间，可以有效地收紧画面。勃鲁盖尔其他的画中，大多数都是枯木，就算是有树叶，树林那边的风景也没有被遮盖住。但这并不证明勃鲁盖尔是在雪地中架起画板、对照着实景来画；实际上，他是在画室中创作的。像梵高、库尔贝[3]这样，带着画板到野外去画画，是印象派流行之后的事了。

在常识里，树是绿色，草也是绿色。如果把树叶放在手里看，的确是绿色，但夏天长满树叶的茂密树林却不一定是绿的。如果拍风景写真的话就会明白，因为有树丛中的阴影，所以看起来会像黑色。那么是不是把树木画成黑色就好了呢？也不是这样。如果画成黑色，那么下次就会与"树木明明是绿色"的观念发生碰撞。

勃鲁盖尔
《圣保罗的皈依》
1567年，维也纳艺术史博物馆

勃鲁盖尔的画中，我想很少有鲜明的绿色。可能他所处的时代，还没有合适的绿色颜料，也可能是画作被创作的当时是鲜亮的绿色，随着时间推移，颜色渐渐变化了。

现在的黄绿色颜料，是黄色和绿色混合制成的。即便是绿色颜料，也不是与植物原生的绿色完全匹配的。平时我们画的也不是植物标本；即便是画植物标本，颜色不是完全一样，也是可以的，只要画中的颜色与自己的画风匹配即可。这里的"自己的画风"，指的是"自己决定自己的画的秩序"。和原生自然不同的，决定画中物体的颜色和形状的，不是别的，正是画家自己。

枯萎的树木有主干，主干上有树枝，树枝上还生出小树枝，因为有这样的固定组合，似乎可以凭想象画出来，但一旦只凭想象画，就会画出像模型一样的东西。我想勃鲁盖尔也是这么想的。也就是说，勃鲁盖尔即便下雪天不出门，晴天也是会出门画枯木的写生的。从所画的树枝就能很快看出，这是抱着蒙混过关的心理画出来的，还是仔细写生画出来的。写生画出的树木里，栖息着真实的灵魂。

　　我最喜欢的野外写生季节是早春。三月到五月最好，秋天落叶的季节也不错。树的轮廓和形状、树那边的风景，都可以看得很清楚。相对地，盛夏可是个麻烦的季节。不是说天气炎热，而是枝叶过于茂密，一整面都被绿色覆盖，应该画的东西都看不见了。

　　说起来，枯木应该就是裸体的树了。虽然可以在枯木的基础上加上树叶，但是却无法从树叶茂密的树上观察出裸体的枝干。

　　顺带一提，重叠的山峦，也是无法通过想象画出的，只凭想象画出的东西怎么看，都是假的。望着天空，是画不出岛屿轮廓的。如果再加上河流山川，更加困难了，只会画出虚假的岛屿。

　　随机生成数字的乱数表，人工无法操纵。大自然也是一样，是无法用欺骗的手段再现的。

　　像自行车那样的东西，是可以通过想象画出的。想着"这里有手把""这里如果踏上脚踏板的话，力量会这样传送""停下来的时候，刹车器会这样；载上行李的话，又会那样"……像这样依次考虑下来，就能画出自行车。然而像树木的枝干那样属于大自然的东西，是很难只靠想象画出来的。

# 伟大的绘画作品是如何诞生的

### 一、舞台的设定

勃鲁盖尔是用怎样的顺序画出《三贤士雪中来朝》的呢？虽然我不知道答案（不仅是这幅画，对于他的其他作品，我也想象不出他的一般工作顺序），但要说起以这幅作品为舞台来创作，作为背景的建筑物应该是佛兰德斯[4]地方的样式。如果去荷兰或比利时看一看，经历了500多年的建筑物和村庄，样式也没有太大的改变。要说有什么不同，那就是造了很多的加油站，重新铺了道路，房子上的烟囱变得没那么引人注目了。

像这样的村庄，如果在勃鲁盖尔的时代就有，那是最好的；如果没有，那就可能是勃鲁盖尔把各个人家的样子写生下来，再集合起来形成画作。如果连各家的房子也没有的话，勃鲁盖尔就得从各家房子的设计开始创作，那可真是太累人了。

首先，在大地上创作村庄。这就要设定每户人家在哪里，然后打草稿。小马棚的位置和建造方式也要决定好。作为主角的小马棚，被勃鲁盖尔安排在画面的角落里，实在是很有趣的。如果把画面上的事物比作舞台装置,那么和小马棚比起来,其他的建筑物只不过是背景,却也是构筑画面的重要背景。到此为止,可以看出作画与舞台美术的工作是很相似的。那么,在这个舞台上,演员们又是怎样活动的呢?画家一边想象着,一边作画。

**二、舞台和背景(原风景和萌芽的风景画)**

勃鲁盖尔所诞生的佛兰德斯地区邻近法国西部,今属比利时,以前与荷兰同属一个国家。荷兰的正式称谓是尼德兰,是"低地"的意思,据说那里的人民认为尼德兰是更合适的称谓,因为其地势非常低洼。虽然是低洼地区,但它拥有值得骄傲的地方。至于那具体是什么,暂且不论,反正勃鲁盖尔几乎把所有画作的舞台都选在了佛兰德斯地区。

我曾有数次去佛兰德斯写生,觉得在那儿画画,是挺令人头疼的事情。因为,那里没有山,天空十分宽广。

作为津和野出生的人,说句自夸的话,我是被山包围着长大的。虽说同样是山,但和拒人千里之外的瑞士阿尔卑斯山不同,我的家乡是被田地、树林和竹林包围着的山地。日本人在大自然中耕种田地、建造房屋,不知从什么时候就形成了日本人独有的"美"的感受方法。这种美感的形成,毫无疑问,我们的山野是占据首功的。这也可以被称为"原风景"。

因为手工制作天象仪而闻名的大平贵之说:"人类自太古以来仰望星空,感到夜景十分美丽,这种感性大概是写在我们的基因里的。"我认为很有可能是这样。因为人类在景物中生存、互动,才能对景物产生美的感觉。

从这个角度来说，人类就算降临到月球上，也不会觉得那里的地形地貌是"风景"。深海底部和钟乳洞里，也不能说是"原风景"。

有趣的是，来九州的豪斯登堡主题公园[5]的荷兰人都异口同声地发出惊叹，这并不是因为那里的建筑物与荷兰的一模一样，而是因为作为公园背景的山，在荷兰是没有的。

但对于我来说，要是背景中没有山，就难办了。在风景画中，视线的高度就是地平线，而荷兰的风景里没有山，几乎全是天空。我实在没办法，只好站到高速公路边的小土丘上，也就是把画面中的地平线提高了来画。如果有教堂、高一点的树木之类的，代替山峦来把天空遮住的话，我就谢天谢地了。一到荷兰画画，我就总想着"荷兰的画家是怎么能画出画来的啊"。但实际上，荷兰和比利时有很多画家，而且有相当多的画坛巨匠：

休伯特·凡·艾克[6]、扬·凡·艾克[7]、希罗尼穆斯·博斯[8]、彼得·勃鲁盖尔、鲁本斯[9]、弗兰斯·哈尔斯[10]、凡·戴克[11]、伦勃朗、维米尔、所罗门·凡·雷斯达尔[12]、雅各布·凡·雷斯达尔[13]、霍贝玛[14]、梵高、蒙德里安[15]……

其中，鲁本斯、弗兰斯·哈尔斯、凡·戴克都是在比利时的安特卫普出生。有一本叫作《佛兰德斯的狗》[16]的童话故事，讲的是梦想成为画家的穷苦少年尼洛和大狗帕奇的故事。因为贫穷，尼洛不得不与青梅竹马的少女分开，为了忘却初恋破碎的痛苦，少年前往安特卫普流浪，想去看一看鲁本斯在大教堂里所作的《十字架上的耶稣》和《耶稣降架图》。最后，少年和狗，在名画前被冻死。我也曾前往安特卫普大教堂瞻仰那两幅名作，真的是非常出色的作品。

那么，以上这些艺术巨匠们是怎样描绘尼德兰的田园风光的呢？

荷兰的哈莱姆地区的美术馆藏有弗兰斯·哈尔斯的作品。弗兰斯·哈尔斯以肖像画出名，他的风景画几乎没有见到过。其中，笛卡尔的画像传世最广。肖像画中，微笑着的人物是很少的，弗兰斯·哈尔斯的作品中却有相当的几幅。

顺带一提，如果不十分相像，肖像画就失去了意义。因此，是否相像，就成为衡量肖像画好坏的准绳。那时候没有照相技术，但随着时间的流逝，是否相像并不能成为唯一的标准了。这时候，肖像画就向人物画转变了。也就是说，是不是相像不是首要的标准，

弗兰斯·哈尔斯
《勒内·笛卡尔肖像》
1649年，巴黎卢浮宫博物馆

维米尔
《代尔夫特的街道》
1660年，海牙马利兹霍斯美术馆

而是作为画本身是否优秀。笛卡尔的肖像画之所以传世,不仅仅是因为笛卡尔是模特,还因为画作本身是非常出色的。

比利时的根特[17]大教堂里藏有凡·艾克兄弟的作品——《羔羊的崇拜》的祭坛画,在规定时间内对外展出。那幅作品虽然画有背景,但是并不是通常所说的风景画。

到了维米尔的时代,他以自己的出生地代尔夫特[18]的运河沿途风景为主题作画,并广为流传。这个地方今天去还能看到。

伦勃朗的版画和速写作品中,有一些以风景为主题的小幅作品,但是要说大幅作品,据我所知,只有维米尔的代尔夫特。直到雷斯达尔和霍贝玛的时代,应该还没有出现我们今天所说的"风景画"的概念。

梵高之后不久,就是蒙德里安的现代了。

这里所说的"风景画",画的主角不是人物,而是把画从人物和神明的故事中分离出来,纯粹以原原本本的风景为主角。即便需要画人物,也只是作为点缀。中国和日本有山水画这一类风景画,西洋方面,受到霍贝玛的表现方式的刺激,直到英国的约翰·康斯太勃尔[19]和透纳[20]出现,才有了真正意义上的风景画。

仅看这里所列举的画家,也有一种回顾美术史的感觉。要说有强烈的风景画风格的,可能是勃鲁盖尔的画作中作为背景的风景了。著名的《蒙娜丽莎》的背景也是风景。至于那风景的准确地点是哪里尚有争议,所谓的"风景",是把风景作为"世界风景"来描绘。这是把日本没有的概念给翻译过来的语言,因此是很有意思的说法。

以前的影楼里,拍照的背景是一幅风景画,至于具体是哪里

约翰·康斯太勃尔
《弗拉富德的水车小屋》
1816年—1817年，英国伦敦泰特美术馆

透纳
《被拖去解体的战舰无畏号》
1839年，英国国家美术馆

的风景无所谓，只要是有背景就好。而且，最好是不特定地点的风景，也就是"世界风景"。这么说来，戏剧舞台上的背景也算是"世界风景"的一种了。

这里我想说的是，勃鲁盖尔生活的地区，虽然没有山峦作为"原风景"，但是却画出了"世界风景"。这不下苦功夫的话，应该做不到吧？

### 三、登场人物

建好舞台后，就要开始画人物了。先画作为主角的耶稣、玛利亚和三位贤王。不只是草稿，还要一遍遍着色，一个人物一个人物地完成。三贤王这边的方向，也没有其他人物了。

然后要画作为配角的士兵们，从手边的顺序开始画，一个人物画好后再接着画下一个。也就是从手边开始，渐渐往远处画去。要是相反，从远处开始往近处画，眼前的人就变得难画了。从远近法来看，远处的人比近处的显得小。画家还画了近处结了冰的池塘、在冰上打洞来汲水的人、滑冰嬉闹的孩子们、用作支撑的木棒等看起来与主题没什么关系的事物。我想这些风物表现了人物绵密的喜悦，也似乎感到画家在说："后世的人会怎么看我的画呢？就把谜底先藏起来吧。"

### 四、戏剧的预想（全体像）

藤田嗣治[21]曾说，画画是要从左边开始，画到最右边结束。就算不像这样从左边画或者从右边画，一边这画画那画画，一边协调整体的风格，也能通过经验来预计最后完成的状态。

有的画家在作画之前，脑海中就有了成型的全体像（就像是与完成后的作品一模一样的彩色照片），然后一点点地用画笔去实现。但是我认为，所谓全体像，是在画画的过程中，一步一步形成、完善的。

这与写小说是一样的。不知道推理小说是怎么样，但是一般来说，越往后面写，越接近小说世界的结尾。我想，所谓小说的发展轨迹，应该常常与作家最初设想的路线分道扬镳。

我的习惯，是一边画一边调整最终的全体像。因为这样冒冒失失地，所以最后完成是什么样，在画的时候自己也不知道。虽然有一些人在画之前对成品了然于胸，这是他们的习惯，而我有我的个性，这是习惯的不同。

勃鲁盖尔的《巴别塔》中，画家是先有画的构想和设计图之后，再慢慢画出来的。这就像真的做建筑工程一样，先画地基，再于地基之上画出第一层，再画第二层，这样一层一层堆叠建筑起来。在这个过程中，会遇到很多事。比如，要有工人的宿舍，也必须考虑做饭和洗衣的事。这些内容都要画到作品中去。如果不开始动笔，就预测不到会有在工地上受伤的人、面谈开会的人，等等情况。

原本勃鲁盖尔可以像画版画那样，先把整体的琐事给统筹好，画好底样，这样就轻松多了。但如果这样做，就要完全按照画稿的样子来作画，就会有一种在临摹的感觉，创作的乐趣就完全丧失了。

有人说《蒙娜丽莎》和《拾穗者》在完成之前，就有与完成图非常相似的铜版画，画家是照着铜版画才画出来的。实际上的情况正与之相反，是复制了完成品才有的铜版画。那个时候，还没有彩

勃鲁盖尔
《巴别塔》
1563年,维也纳艺术史博物馆

色印刷。这些铜版画就像名胜古迹的蚀刻版画那样，作为美术明信片被出售。

**五、人物的容貌**

在秦始皇陵墓附近被发现的兵马俑，据推测有6000多个士兵俑，仅凭这个规模就足以令人吃惊了。更令我吃惊的是，这些士兵每个人的容貌，都是不尽相同的。

这应该不是一个人能做出来的，大概有很多个不同的模特，他们把陶俑当成自己的替身奉献给了皇帝。

画家在画群像的时候，即便有不同的模特，画出来的人物，看上去也像兄弟一样地相似。但勃鲁盖尔画的作品中，虽然人物与人物也相似，但是能很好地体现出每个人物的特点和个性。这是相当困难的事情。

荷兰的群像画里，比如伦勃朗的《蒂尔普教授的解剖课》《夜巡》，每个人物的容貌都体现出了各自的特点，这可以说是群像中的肖像画了。弗兰斯·哈尔斯的画基本都是肖像画，因此每个人物的脸各有不同，是理所当然的。

但是，要在脑海里事先想好每个人物容貌的不同特点，是非常难的。即便是画作中的人物，要让同一个人物从正面看、从侧面看、年轻时、年老时，都能被读者认出是同一个人，是相当困难的。

有些人虽然没有血缘关系，但是相貌相似；但每个人的脸都是不一样的。这里虽然是说画的事，我突然想到一些其他的事情，顺带也说一说。

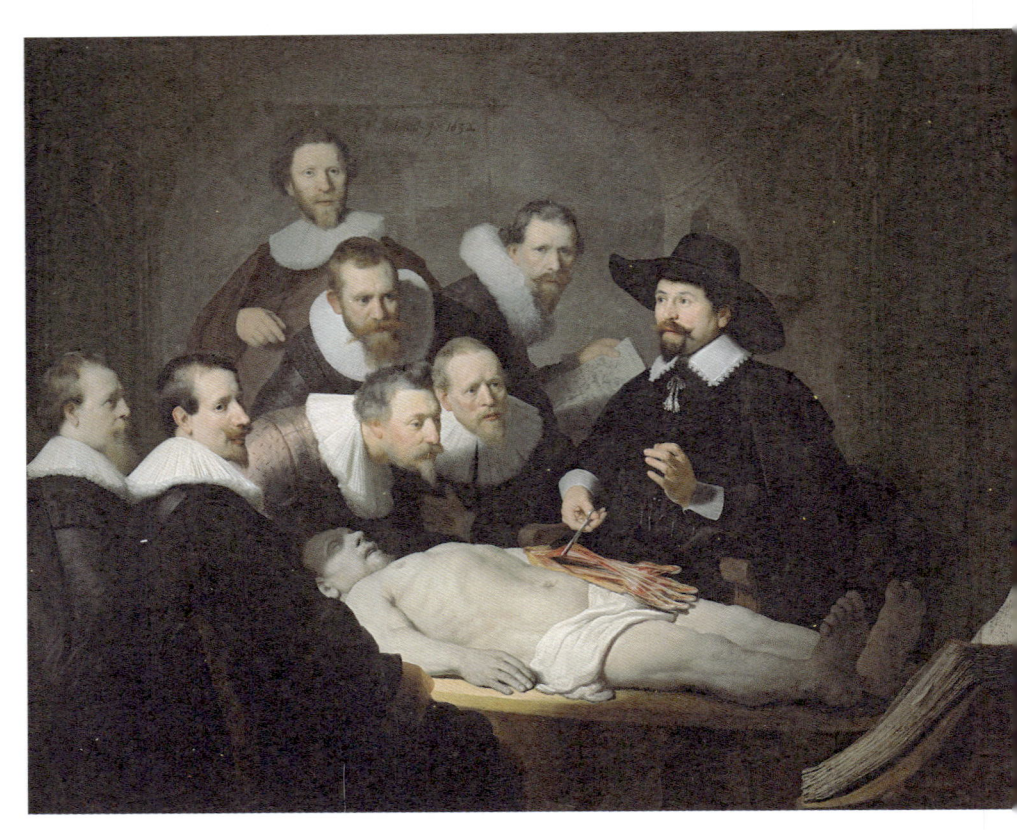

伦勃朗
《蒂尔普教授的解剖课》
1632年,海牙马利兹霍斯美术馆

我初出茅庐时，有一次获得了一本书的装帧工作，为做好它我做了很多次方案修改。那是一个大规模的企划，方案不可能一蹴而就，因此至少要有一个替代方案。但是数学家说过，"一个问题要做出两种不同的解法，是有点难度的"。与之类似，同样的问题要用不同的方法来考虑，是挺难的。可是那是我的第一份工作，要是连这也做不好，那么以后就更做不好了，于是我就和时任主编沟通，终于做出了15种方案。谈到最后，主编让我"再想一个方案出来"，我回答说"再让我想一想吧"，就跳上了电车，脑子里也并没出现什么一鸣惊人的方案。就算只有15种方案，也是我绞尽脑汁了的。要是拜托别人帮忙，也是件苦差事。（关于这件事，以前我在哪里也写过。有读者说，"真可怜呐！安野先生一定很生气吧"。如果您这么理解，那就是我的表达方式太差劲了。别说什么生气了，直到今天，我都很感谢那位主编。他是一位真正有力量的人。这位主编名叫曾我四郎，在讲谈社做过很多的重要职位，现在已经退休了。）

言归正传，我坐上了中央线的电车。偶然间向前面的乘客张望去，发现每个人的脸都是各不相同的。我又重新认识到了这一点。没有眼睛在下嘴巴在上的人，每个人的眼睛鼻子都在该在的位置，但他们每个人的容貌都是不同的，别说15个人长相不同了，再多的人，脸都是不一样的。那一瞬间，我感到无论再要多少个方案，我都能做出来。就算是要做一万种，我也得去做，这就像是上天的启示一样击中了我的心。

这不仅仅是图书装帧，这也关乎人生。自那以后，我常暗示自己一定能够开拓出新的道路，就再也没有为思考装帧方案而烦恼过。最后，那个企划采用了我最初的方案，成功地做好了。

## 六、人体素描

人从婴儿开始，就算不能识别羊群中的个体，也能识别不同人的脸，我想这种能力是写在基因里的。脸之后，是识别人体。一直以来，想成为画家的人都要练习人体素描，到今天也还是这样。这不仅仅是针对专门画人物的画家，因为人体素描是训练认识对象的好课程。

我年轻的时候，和志同道合的朋友一起，大家凑钱请模特来画画。在蒿草纸上画的人体素描积累下来，有一人多高。据说这是画家必经的训练。

如果看贾科梅蒂[22]所做的极细瘦的人物雕塑，和费尔南多[23]所做的极肥胖的人物雕塑，可能会让人认为这些艺术与人体素描没有关系，但实际上，人体素描的影响和作用可不是那么直接体现出来的。当然，像画"裸妇"一类的题材，其作用是相当直接的。

只要画人体，就很容易被人指出错误，所以无论练习多少次，都没有界限。

这里稍微换个话题，容我插句话。

仓田百三[24]有本书叫《爱、认识与出发》，我以前经常拜读。我总体赞成他的意见，但有一些细节部分我想提出自己的看法。

仓田百三去别府的温泉游玩时，门外走过一个打着太鼓的卖艺小孩。仓田对人说："把那孩子叫进来，随便让他表演点什么吧，这算是做慈善了。"结果，那人反驳道："不要说什么做慈善，因为那孩子的表演有趣，所以让他表演吧。"仓田接着写道：如果有地洞，我真想钻进去。

"这世上，有很多看起来美丽，但实际上很残酷的东西。看到这些东西,我的内心会因为愤怒而战栗。"仓田在书中写道。这些东西,比如说,有"慈善音乐会、画家的女模特、做动物实验的豚鼠等","这些东西都是应该被厌恶的"。我也同样讨厌一些打着慈善名义的活动。

这里专门摘录书中关于模特的一些话:

为了美的创作,一个处女舍弃了羞耻心,这种牺牲到底好不好,现在还不能定论。穷人家的女儿脱光了衣服,被一群青年围住盯着看,你可以想象那些人充满欲望和好奇的眼神。那真的是应该被嫌恶的场景。而且,这居然还是以美的名义,真是够了!

我认为这种想法,亵渎了以模特为工作的女性。女人以裸体模特为工作的一种,这没什么好羞耻的,这不一定是只有穷人才做的,画裸体模特也没有什么不好的。

为了练习画技而以裸体人物为模特,是从希腊时代就有的传统。如果把裸体模特当成脱衣舞者来看,那种"充满欲望和好奇的眼神"的模样的确跃然纸上。但是看看希腊雕像,它们把女性的裸体作为美的典型来展现,就算是女性也不会有异议。男性看到女性裸体的雕塑,要说完全没有性的想法和好奇,也的确是不可能,但是这种性欲和好奇,被包含在更宏大的对美的感动之情里。从男人的角度来想,看到女人的裸体而心动,有什么不对吗?要是对仓田说,"慈善什么的别说了,是因为有趣才画模特的",不知他会作何感想。

美国Dover出版社有一本 *The Human Figure in Motion* 的古典书,现在也出了简装本。内容是把裸体人物(就像落尽树叶的枯树）的动作以连续写真的方式展现出来，对于作画很有参考价值。

以相似的拍照方式拍下照片而集合出版的书，还有动物的动作系列。

要是有了这样的参考书，就算没有模特，也能画出米勒的《拾穗者》那样的作品吧。对于我来说，这本书暂时还没派上用场，但我想一定会有派上用场的一天。

## 七、手

据说，米洛斯的断臂维纳斯最初就是没有手的。为什么呢？有人认为，创作者原本打算做维纳斯的手，但是苦恼于找不到合适的位置，就先搁置不做，结果反而觉得这样效果更好……

确实，手的位置是非常难决定的，因为它总是蕴含着某种意义。

一件绘画或雕塑作品的人物，如果手指向天空的远方，就会被扯上"希望"之类的主题，这其实是过度解读了，看着多少会觉得有点尴尬。这与拍照的时候，总是不知道手往哪里放，是一样的道理。

因为不能让人物僵直不动，所以勃鲁盖尔让他画中的人物不是唱歌就是吹笛子，总之要让他们动起来，这样就不会不知道手往哪里放了。如此一来，也能消除观者的尴尬。

佐藤忠良[25]的雕刻作品与勃鲁盖尔的处理方式不一样，要硬说一样的话，浮现在我脑海中的是在斗篷上镶嵌扣子的少女像。也就是说，静止不动的人物的手，挺难处理的。佐藤说，"这种时候，雕塑或者模特的一根小手指动弹一下，其动作就会像涟漪一样传播到全身，一定会对身体和表情产生影响。"所言甚是。

手是如此，手指就更麻烦了。人们可以通过手语来交流，足以说明手指可以传达很多意思。麻烦的不只是放置手的位置（解剖学意义上的），手部素描也是很难画的。堀田善卫[26]有一本《戈雅》[27]（朝日文艺文库），里面说给别人画肖像画的画家，会因为画中要画手而涨价，甚至只画一根手指，价格也会涨。这大概是真的吧。拿破仑的一些肖像画里，人物的手都放进了背心里，可能是这个原因。

布达佩斯的美术馆里有很多埃尔·格列柯[28]的作品，仔细一看，其中一幅画的是《抹大拉的玛利亚》，另一幅的名字我忘记了，画的是剃了头的圣人，这两幅画中，人物的手都放在胸前。我认为画家在画这两幅画的时候，手的部位采用了漏花纸板来作画，因为他们的手实在太像了。

因为有这种情况，所以自古以来除了人体素描之外，手部素描也是画家的必修课。美术模特里虽然没有专业的手模，但是商业写真里有专职的手模。

说一个40年前的老故事。我有个朋友叫木村一郎，他是画动画的，有一次我去他的办公室玩，学到了很有趣的东西。他办公桌前面放着一面镜子，他一边照镜子，一边说："这里可以照出手哦。"接着浮现出满足的笑容。"画手指可是件难差事。比如要画拉小提琴的手，就要想象这双手是怎样的。我就用镜子照自己的手，我的左手就是画中人的右手，很管用哦。"我也尝试了这个方法，果然很管用。

像这样的话，手指就不会不好使，虽说手还是挺难画的，但是画插画、剧画的人都能很好地完成工作了。

但是，这算是古典的思考方式了。现代作家有元利夫[29]说，不用拘泥于手指，有时候不画手指也没关系。他超越了手指素描的问题，创造出了杰出的作品。我认为他算是日本绘画发展长河中，突然出现的一种变异。（从这个意义上说，摩西[30]也算是变异。）当时被他的画作魅力所俘虏，争相模仿其风格的人很多，但是除学习之外，只是模仿是难成大器的。

顺便一提，勃鲁盖尔是认认真真画好每根手指的。

### 八、配色问题

在上文中，我提到过作画前可以在脑中做好一切构想，再慢慢画出来。所画的人物跟前如果没有别的人物的话，一部分一部分地完成也是可以的。

比如说，在勃鲁盖尔的作品《农民的婚礼》和《农民舞会》中，农民身穿红色的上衣和裤子，这些颜色是怎么决定的呢？我们不知道那个时候的农民是否穿得起那么漂亮的红色衣服，不过这没有关系。事实第二，画作的色彩搭配第一。

从这个角度来说，部分地完成创作，是不行的。在这个角落画上红色衣服是可以，但是在画群像的时候，红色衣服的对面如果还是红色衣服，这就重复了。如果穿红色衣服的人全部集中在画面右侧，就会产生颜色泾渭分明的感觉，这种时候，一旦在右边画了穿红衣的人，如果在左边也画上穿红色衣服的人，画面的色彩平衡就会紊乱。这种平衡感并非来自于构图法和色彩论之类的规则，只能依靠自己的感觉。这不是讲道理的事，与其说"这里我想画上红色"，一个真正的画家会说"这里不是红色就不成"。这不是深思熟

勃鲁盖尔
《农民的婚礼》
1567年,维也纳艺术史博物馆

勃鲁盖尔
《农民舞会》
1566年,底特律美术馆

虑、费工夫的事，而是一瞬间在头脑里蹦出的感觉。

关于这种不可思议的感觉（直觉），森鸥外[31]曾经这样写道："就好像自己的身体里还有一个人，那个人在操纵着自己，我自己不过是在舞台上跳舞的傀儡而已。"森鸥外说的是关于文学构想的展开，我主要面对的问题是在哪里画什么颜色，两者似乎不能相提并论，但这是关于直觉的问题。因为是直觉，所以不能像解数学问题一样用理论来进攻并找到答案。

我以前曾经和美国的数学家高德纳[32]对谈过（当时担任翻译的是数学家野崎昭弘）。我说起"脑海中好像有指挥者"这个话题时，对方回答"那就是灵感缪斯呀"。接着高德纳说："来日本之前我就写好了一篇数学论文，在开始动笔写之后，心中就好像有一个指挥者，我仿佛就按照他的命令在写。"话说回来，数学家远山启也说过"数学教育的目的是培养直觉"。

其实我并不想多谈关于直觉的事，因为直觉不能被证伪，但是每个人都有直觉。要想让这份直觉变得更出色，除了自己去学习，没有别的办法。

像这样说明了一番，似乎让人感觉画画就必须打好全部的草稿，决定好在哪里画上红色之后才能开始动笔。这样做也可以，但实际上，在哪里画上第一笔红色，就能决定下一个画红色的地方，接着再决定下一个该画红色的位置。你迈开了第一步，自然就会迈出第二步、第三步。我想勃鲁盖尔也是这样顺其自然地作画的。

**九、光和影**

以前，为NHK教育电视台录制一期《一起来画风景画》的节目，我曾去英国的一个小镇写生，节目从头到尾录下了我的绘画过程。那是一个深秋，早晨的阳光非常明媚，一排木质结构的房子上落下了斑驳的阴影。我在画好草稿之后，或多或少地带着焦急的心情想："现在要是不画阴影，一会儿就会变了。"于是马上优先画阴影，画好了之后，心情放松下来，接着开始上色。画好之后，呈现出了一种照片般的立体感。然而，此时眼前的景色却发生了变化，我的画与景色对照，也发生了变化。其实就这样也还可以，因为看到这幅画的人并不知道这样的时间经过。但是我却对自己感到不满。我想，这又不是拍照那样要留住瞬间的东西，画画即便不把瞬间定格也没有关系。如今再次回顾，我发现自己再不曾像那样画过阴影。

作画不能忽视光与影的关系，尤其是画石膏素描的时候。比如，白色的石膏球上，正因为有了阴影，才从"圆形"变成"球形"。球的边上放着柱子，柱子的阴影落在球上，那阴影随着球面而产生了歪曲。还有映在台阶上的柱子的阴影，看起来像锯齿状，很巧妙地表现出了立体感。球的阴影中还有反射回来的明亮部分，要是把静物画画得和照片一样，那就无聊了。

画石膏素描画室的窗户如果不是开在北边，光线就会移动，这就很难办。画室的窗户开在北边是最好的，所以我的画室窗户建在了北边，我对此很满意。现在像这样重视这种细节的人越来越少了。

从"光和影"的角度看勃鲁盖尔的画，又怎么样呢？《三贤士雪中来朝》中，因为下着雪，所以姑且可以无视光和影的关系，在薄雪之中，光大概看得不是非常分明。就算看得清楚，也会像《农

勃鲁盖尔
《收干草》
1565年，布拉格洛克维兹宫

民的婚礼》中的房间那样昏暗，要是拍照的话不用闪光灯就什么也拍不到。即便如此，画中的光线却充斥着房间，所有细节都看得清清楚楚，好像没有人意识到光影的问题。这是这个时代的作品所共有的特点，光和影的问题必须等到很久之后，印象派崛起的时代才得到重视。不过，在勃鲁盖尔的另一幅画《收干草》中，画中姑娘们的脚下可以看到模糊的影子，这是很罕见的。

**十、时间的流逝**

在勃鲁盖尔的时代，我想还没有现在意义上的"风景画"。不过，他和德国的丢勒[33]都有以风景为素材的铜版画。我之前也写过，伦勃朗、维米尔也画过一些这样的画。

本应静止不动的风景实际上是会动的。在港口写生的时候就无法安心。船舶的朝向会变、停泊的船只有可能会出港，外面的船只也可能进来。在画这些景物的时候，就包含了时间的流逝。

在列支敦士登的眼前铺开的是瑞士的山峦。这虽然是借景，但我也读过"随着季节，云会移动，即便是一瞬间，风景也截然不同"的文章。虽说故乡的山河是不会改变的，但实际上时时刻刻都在发生变化。

这里说的话要是被听成是魔幻性的发言就不好了，一个时期的未来派画家在画跑动着的狗时，会画很多条腿，以此来表现运动感。在漫画里，也会画很多只盆，来表现挥动盆的动作。原本的话，未来派的画法是要式微了的。

在莱茵河畔写生的时候，眼前有很多条船来来往往。在画的时候眼前的船驶过，可能会以为没办法画，但并非如此。实际上，在画眼前船的船头时，这只船驶走了；但是接下来还会来第二只船，就从这船的中间接着画；然后再来一只船，从它的后部继续画，像这样就可以画好一艘船了。我的写生里，包含着谁也不知道的时间流逝。

静物画的对象原则上是不会动的，但也是会动的。花朵会开，朝向也会发生变化。鱼肉会腐烂。有生命的东西是不等人的。

勃鲁盖尔的曾孙——亚伯拉罕·勃鲁盖尔以花朵静物画而出名。阿姆斯特丹的国立美术馆里，有很多以荷兰郁金香为主题的静物画。还有昆虫和栗子的静物画，几可乱真，好像在等着观众发现它们居然是画出来的。我想这也是画家的乐趣之一吧。画中白色郁金香的花瓣上分布着红色的斑纹，很引人注目。直到后来人们才知道，这是因为郁金香的种子染病了才会这样的。

用油彩来画花是很费时间的。也就是说，花是不等人的。所以虽说是静物画，但实际上是许多部分完成的花朵的合成版。包含很多人物的肖像画也是"合成"的。过去的画家真是从事着很辛苦的工作啊。

日本的画家高桥由一[34]有一系列以鲑鱼为主题的画《鲑》。因为盐渍的鲑鱼不会腐烂，在日本是常见的食品。有人说这作为日本的写实画，达到了一时期的高峰。

为了处理时间的流逝，现在可以借助照片的力量了。有关这个话题，我们之后再谈。

## 十一、构图

以前的绘画入门书里，一定都会有一章专门讲"构图的方法"。

高桥由一
《鲑》
约1878年,东京艺术大学美术馆

一般构图法会有三角形构图、平行线构图之类的图示。入门者看到这些,就容易这样想:"原来如此,画画是有构图法这一说的,只要能记住这些构图法就好办了。"我记得当我读到这些内容的时候,感到非常拘束。这就像去驾校学速成班,教练告诉你"在后视镜里看到柱子的时候,就把方向盘往左打死"之类的话。可是你一出驾校,现实的道路中可没有专门作为参考物的柱子。

现在所说的"构图法"中的"法"字,是"法律"的"法"。我们说"远近法"的"法",虽然是可以用数学来证明的真理,可画画构图时,是否真的有类似于"法"一样的难以变通的规则呢?这个问题想一想就会明白:这里没有固定的规则,有的是自由。曾经有一篇电影评论说"这样可不算远近法",我苦笑了一下,但要是有人说"这样可不算构图法",我是一点不担心的。

以"三角形构图"之类的名字来定义的构图类型,不过是分析研究海量的完成作品后,大致按种类来区分的。所以如果认为只要参考这样的构图法来画就万事大吉,那就受拘束了。

之前的章节里我写过"在右边画了红色的东西之后,就会想在左边也画上红色"。这种直觉是自我生发的,这样说好像会让人觉得这是天才才有的感觉。但是这种直觉在小孩子身上就潜藏着,不信去看看小孩子们自由创作的绘画,也没有谁来指导,但平衡感、韵律感、对称感,等等,这些感觉已经萌芽了。也就是说,不用特别让孩子去学习韵律感,因为孩子们(我们也是如此)不只是在学音乐的时候才能感知韵律感,而是与韵律感时刻共生的。毕竟,我们的心脏可是带着韵律来跳动的。像这些东西用感性的语言来定义,作为任务来记住的话,是另一回事。考虑构图,也是一样的道理。

一点一点地画，慢慢地画作会接近完成。在创作途中遇到自己觉得不满意的地方，修正过来就好了。我把这称为"自创构图法"。

勃鲁盖尔的构图也是按照他自己的想法完成的，我不认为他是按照什么构图法来完成的。

要说为什么的话，好不容易才能按自己的心意来画，应该是不会想还受到外部的构图法制约的吧。

### 十二、俯瞰的表现

勃鲁盖尔的绝大部分作品用的都是俯瞰的视角。《三贤士雪中来朝》也是如此，画家的视角差不多是从二层楼高的窗户往下看的。如果要画很多的事物，最后总会采用俯瞰的视角。从这个意义上说，从正上方俯瞰的内容就是地图，因为从这个视角可以看到脚下事物的全貌。

我以前曾去奈良画法华寺，风和日丽，我走着走着有点恍神，碰巧遇到了在当地取材的电视台工作人员。他们正好在用一种升降机，应该是修电线杆的工人用的高空作业车，于是也让我坐上去试试。在那上面不能写生，不过我想这是个好机会，就拍了许多照片再下来。虽然实际上不能用这些照片来完成写生，但是却收获了很难再次体验的视角。

视角变高后，能看到很多东西，十分方便。但是勃鲁盖尔应该是坐不了高空作业车的。就算他有机会坐，也看不清三贤士做礼拜的样子。也就是说，在设定画作舞台的时候，所有的一切，画家都了然于胸了。所以勃鲁盖尔是通过想象，来获得高的视角。

高的视角带来远眺的快感，这对展望十分有利。展望，不仅意味着远望风景，还可以看见整个社会的事物，拓宽了视野。这可以令人不局限于眼前的东西，而可以考虑前之古人、后之来者。勃鲁盖尔所画的内容，正是拥有这种展望视野的作品。从画中丰富的内容就能看出，他是一位百科全书式的画家。

### 十三、焦点的深度

相对于远眺的视线，盯住某一点仔细看，被称为"凝视"。日常生活中，我们很容易认为能看见视野范围内的所有东西，但即便进入视野范围，如果不加以注意的话，有些东西是看不见的。一般来说也是这样，比如当自己的脚受伤后，就会发现街上有不少和自己一样脚受伤的人。经常有人批评现在的年轻人坐电车不给老人让座，那是因为即便老人的形象映在年轻人的视网膜上，他们也没有意识到老人的存在。年轻人更容易注意到与自己同龄的年轻人，从我自己的经验出发，能很好地明白这一点。

在这里做个试验看看：远处的招牌板也好，手边封面写着书名的书本也好，看看它们上面的文字，比如写着"交通安全周期间"或者"绘画人生"之类的。这一连串的文字，大概能一次性地收入眼底。进一步地调动注意力，集中眼神凝视其中一个字。然后，你会发现正凝视着的文字可以很清楚地看见，其他的文字虽然在视线范围内，却好像被注意力漠视了，要是阅读的话就必须一个字一个字地移动视线。

要是更加集中注意力，就能感到自己只注视着一个字中的某一个点。我想科学家在看显微镜时，大概就是这样的吧。

电视机的画面虽然看起来是一块平的画面，但我们都知道那是数不清的像素点集合形成的。我想我们的脑海也是一样，画面是由很多个凝视的记忆点组合而成的，只是平常我们不那么专注地凝视某物，只是漠然地扫视，这大概是为了尽可能地让脑神经得以休息。

说起照相机，因为有焦距，在对焦范围内可以凝视近处的东西。一旦超出对焦范围，就会变得模糊。画石膏素描时也和照相机确定焦距一样，在对焦范围之外的地方故意画得模糊，来强调远近感。这种表现方法好像被称为空气远近法，不过我不怎么用这种手法。日本画中的东洋水墨画，有晕染朦胧雾气的表现手法，我想这正是空气远近法。莱昂那多·达·芬奇写过关于空气远近法的书，但是他的作品几乎没有使用这种手法的。不仅是达·芬奇，那个时代的作品几乎都是把画的内容放在对焦范围内的。其中勃鲁盖尔的画也是这样，看起来视线是凝视着画面全体的事物，一切都在对焦范围内，清清楚楚。

勃鲁盖尔曾经做过为铜版画画草稿的工作。画铜版画使用的全部是线条，很难表现浓淡的变化。不仅没办法表现晕染，实际上也没那个必要。那个时代，还没有晕染远处景物的构想。于是就有人提出，勃鲁盖尔正是因为有这样的工作经历，才致使他的作品内容都在对焦范围内。但是我认为勃鲁盖尔即便没有画铜版画的经历，也会画出这样的作品，因为他可以把在近处观察、描绘出的事物，放到画作中的远处位置。相反地，勃鲁盖尔应该也不会想到后世的人会以焦距为话题来讨论画作吧。

## 关于远近法

远近法诞生于文艺复兴时代，与其说是绘画技法，不如说是数学的主题。这可以归功于丢勒、伯鲁乃列斯基[35]（设计了佛罗伦萨的教堂）、皮耶罗·德拉·弗朗切斯卡[36]等大师。但是，我等人类对于尘世中事物的远近认识不论古今，都应该是一样的，即便是鸟兽也应该如此。既然是这样，又为什么会有"发现了远近法"这样的说法呢？我们虽然都有感知远近的能力，但我们是否能够主观地认识到这一点呢？也就是说，我们是否能够如眼所见地思考，是否能够表达出这种感觉？答案是不一定的。

我们并不能像拍照片一样地看到所有瞬间。我们对于事物，或靠近或远离，或触碰或分解，或喜爱或厌恶，人类是抱着各种感情来认知事物的。所以，即便看同样的东西，接受方式和理解角度也因人而异。有这样的认识后，在画一幅画的时候，又会怎么样呢？像毕加索那样，把从不同角度观察的人物同时画在一幅画中，也不是什么不可思议的事。就算不能和毕加索相提并论，看看欧洲中世纪的绘画和画卷，也能发现很多像这样的画。

远近法是一种"法",是需要去除感情的影响,用科学的眼光来看待的。虽然我知道谈起这样的东西就显得艰涩难懂,还是尽量不辜负它,写了以下的内容。要是觉得晦涩,就请跳过去继续读后面的内容吧。

## 一、远近法

如果模特是躺着的,视线从模特的脚底看去来作画,脚掌心就会满满地占据画面,脚背就正对着模特的脸。像这种麻烦的构图一般画家们是不会画的,但是在米兰的布雷拉美术馆里,就有一幅这样的作品,是曼特尼亚[37]画的躺着的耶稣像。这幅作品巧妙地利用了远近法。要是完全按照远近法来画,我想人物的脚掌应该会更大,这里应该是根据画面调整后画的效果。

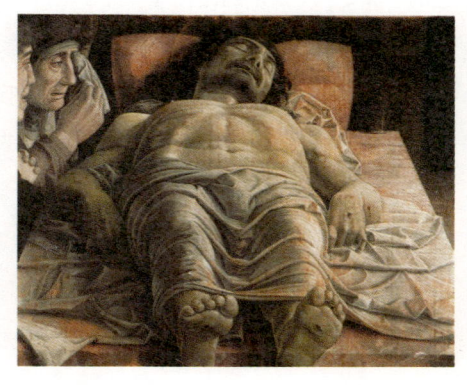

曼特尼亚
《死去的基督》
约1497年,米兰布雷拉美术馆

远近法的原理，丢勒的说明图

关于远近法的原理，我想用丢勒的例子来说明。

首先，让模特M躺下。然后设置一个固定视线的窥视孔N。视点和模特之间，放一个画满横纵线条、形成格子状的坐标屏Z。（这个坐标可以前后滑动调节，让从窥视孔N看到的内容可以容纳要画的模特范围。）然后准备一个与坐标Z画着一模一样线条的画布z。这时，M、N、Z是固定不动的。

从窥视孔N来看模特M的各点，注意观察视线落在坐标Z的哪个地方，就在画布z上同样的位置作画。像这样，瞄准模特的各个点，把它们移到z上。然后把画好的点连起来，就画好了。点的数量越多，正确性就越高。

如果用别的说法，也可以说是"观察模特的视线从窥视孔N开始，呈放射状落在坐标屏Z上，把这个面给切下来"。

在这里，M和N是固定的，坐标屏Z可以前后移动。Z离模特越

莱昂纳多·达·芬奇《最后的晚餐》透视图

近,画面上的模特就越大;离窥视孔N越近,模特就会相对变小。

这与拍照时使用远望镜头还是广角镜头的区别是一样的。照相机的构造,对于模特来说就像N和Z,它们之间的关系决定了模特的哪个部位作为画面的中心。也就是说,这里说明的远近法的原理,作为手工作业,和拍照一样,是很花时间的。所以,只要使用这样的装置,不论是谁,也能根据远近法作画。

人有两只眼睛,窥视孔却只有一个。平时我们用左右两只眼睛来调节视差、感受远近,电影和电视是用一只眼睛的角度来完成的。虽然如此,比如树林中的画面移动起来,人会感觉到有远近,是因为时间差造成的记忆效果与两只眼睛看的效果是一样的。

如果把电视比作窥视孔,那么节目制作者所设置的窥视孔,就有数十万人通过它来观看。不知不觉间,是不是被制作者的视点给影响了呢?这是不得不思考的问题。

## 二、透视图法

如果说远近法是为了画出照片一样的写生画而采取的手法,那么透视图法就是为了画出看不到的东西所采取的方法。

说起透视图,大家应该都曾在中学的教科书上看到过一点透视图或两点透视图之类的图片吧。

最常见的图例是站在学校的走廊正中间,肉眼所看见的走廊的样子,这就是一点透视图。一点透视最具代表的例子,是莱昂纳多·达·芬奇的《最后的晚餐》,画面似乎以耶稣的脸部为中心而收敛。透视远近法原本是为了将本应看不见的东西(比如说天堂一样的桃花源),作为有存在感的世界而画出来时,所使用的有效手段。

莱昂纳多·达·芬奇
《最后的晚餐》
1495年—1497年，米兰圣玛利亚感恩教堂

比如，在意大利的曼托瓦[38]宫殿，有曼特尼亚所画的屋顶壁画。那就像是在天花板上开了一个洞，让人看见了天空似的，狡猾的小天使们就像要飞落下来，是一幅欺骗人眼睛的立体画。

勃鲁盖尔的作品中，对于所想到的东西，几乎都从能看得见的视点出发来画。从这个意义上说，远近法在文艺复兴时代大为活跃。不久，对远近法反其道而行之的埃舍尔[39]的立体画登场了。之所以把立体画称为"欺骗人眼睛的画"，是因为远近法原本就是欺骗人眼的手段啊。

二维地图上，地点可以通过横纵坐标的位置来表示，与此类似，立体建筑物可以用像攀登架那样的三位坐标来指示位置。一点透视、两点透视、三点透视都能应用。在用电脑绘制建筑物的模拟图时，基本原理大致就是这样。公寓大楼的建成预想图也是这么画出来的。

当然，画家也可以凭经验画出这样的画。那个时代的画家，因为透视图法不算有趣，所以基本上都对它敬而远之。关于透视图的详细表现，这里就先不说了吧。

总之，大概如此这般，画总算画好了。曾经有人问我："那么画画好了之后，什么时候可以放下笔了呢？"这是个微妙的问题，我不予置评，但在绘画的过程中，一旦作者心中有了"啊，这画成了"的念头，应该就能搁笔了。这就是说，刚刚还在用颜料在画布上涂涂抹抹，但是画布上的东西变成（就像成熟了一样）"画"的时刻到来了，如果再画就是画蛇添足，不如停笔更好。毕加索有一幅画小丑的画，我觉得那只能算是还未完成的作品。但是认真一看，又能让人觉得这画是已经完成了的，真是不可思议。

# 如何正确解读一幅画

以前，我曾看过一个电视节目，讲的是以"在田间小道上弯下腰的农民"为主题的绘画。那些是现代作品，并不是勃鲁盖尔时代的画。解说的人评论："这表现了农民的悲惨生活。"原来如此啊，听了解说，也许是心理作用，再看画中农民的眼睛，似乎显得空虚无力。但是我想，真的都是如此的吗？

1.只要不是画家本人，就不知道作者是怀着什么心情来作画的。所以不能下这样的断言。

2.画家本人不是农民，而是作为第三者来作画的话，要说表现农民的悲伤，总感觉有点多管闲事。

3.即便画家本人就是农民，好像可以来表现"悲伤"，不过真的要表现这种感情，不如直接用文字写比较好吧。

4.画是不能包含"悲伤"这样的抽象概念的。就算画家想表现，那也只能成为他一个人的自怨自艾。

5.要是想表现那样的主张和想法，与其画画，不如做海报去。

总之，我是这么想的。也就是说，让画以这种形式来传达信息，我认为是没有道理的。

勃鲁盖尔结婚之后的1563年左右，他依旧活跃在画坛上。那是西班牙腓力二世支配尼德兰的时代，宗教裁判盛行，出现了一大批牺牲者。在这样的时代背景下，勃鲁盖尔创作了《圣约翰的布道》《伯利恒婴儿虐杀》《伯利恒的户口调查》等作品。有意见认为，这些作品，比如说沉默着侧耳倾听圣约翰布道的听众们所表现出来的紧张和压迫感，正是对当时的残酷镇压的无言抵抗。真实的情况到底如何，必须问画家本人才知道，但当时的尼德兰的确是在西班牙的压迫统治之下。

且不论作画的人，看画人的感受方式也关乎画作的解读。勃鲁盖尔画作中有表现农民庆祝节日的场景，有人就根据其中风笛的形状，解释说这象征着男性生殖器。要是往深了说，怎么解读画，也反映了看画人的品位吧。

众所周知，勃鲁盖尔作画时有玩心，擅长运用谚语和隐喻。所以像森洋子这样的学者就遍寻史料，把画和谚语寓言对照着来研究。要是结合当时的人的识字率，就更能感觉到画也有着胜过语言的雄辩意义。

除此之外，对于勃鲁盖尔的画，有人从民俗学解读，有人从文学解读，有人从受压迫的农民的角度解读，等等。勃鲁盖尔的画就像泉眼一样，不断地涌出关于它的各种话题。我是一个画家，所以只用敬仰羡慕的眼光云欣赏他创造性的工作，没有其他的角度了。归根结底，作画是一份工作，背后应该有人买画。正如现代画家一样，不能说画画与买家的意向丝毫没有关系。

就算是现在也是一样，比如说画家接到了肖像画的工作，就要在"画得像"的限制下工作。那个时代，接到肖像画的工作还推辞的画家，我想应该是没有的。

画画有两种：一是按照买家的意思，在一定的限制要求下画；二是没有买家，自己自由地作画。也就是说，很难想象身为一个画家，会与自己的赞助人意见相左。

勃鲁盖尔是有赞助者的。根据森洋子的著作，那时红衣大主教、安特卫普时代的朋友、布鲁塞尔的富商等都是他的赞助者。这些赞助人的期待与自己想画的，二者一致，勃鲁盖尔真是一位极度幸福的画家啊。

勃鲁盖尔在年轻时，据说受过博斯的影响。如果没有博斯所描绘的人和动物、半人半兽，比如《人间乐园》这样超现实又有趣的作品，《叛逆天使的堕落》这样的作品恐怕就不会诞生吧。虽然勃鲁盖尔是受其影响，但我还是不太喜欢一般谈话中"受到了影响"这样的说法。因为这好像忽略了勃鲁盖尔的创造性，毕竟，不是谁看了博斯的画都能画出超现实的作品。

博斯
《人间乐园》
约 1500 年—1510 年，马德里普拉多美术馆

## 文艺复兴下新艺术运动的壮大

哥白尼的《天体运行论》最初出版是在1543年。世界发生了逆转。当时人们虽然沉湎于宗教、魔法、占星术,但早在古希腊时代,就有倡导地球是圆球体的学者了。看似消亡的古希腊、古罗马时代的文艺和科学思想复活的运动兴起了。这就是我们所说的"文艺复兴"。

不管怎么说,文艺复兴运动不是在倡导地动说的瞬间才达到高潮的,文艺复兴运动更彻底的影响,是让中世纪澎湃汹涌的新艺术运动的支流慢慢壮大。

文艺复兴运动的中心在意大利。意大利是艺术文化的大前辈,从各地来意大利游学的人也多了起来。勃鲁盖尔就是其中之一。意大利拥有作为文化之源的古代罗马文明,还有佛兰德斯和德意志所没有的东西。回到安特卫普的勃鲁盖尔,与其说发挥了他在意大利的所学,不如说他开拓了自己的绘画世界。

为了让读者大致地掌握那个时代的氛围,我简单制作了一个年表。虽然是以勃鲁盖尔为中心来看的。那个时代,因为宗教信仰的不同和争夺领土，战争不断，王侯和教会的权威依次衰落，可以看到大商人阶层取而代之登上了历史舞台。

换句话说，买画的人的世界也在慢慢地改变。

之前，我说过画大致分两类，一类是在工作的限制下画，一类是单凭自己兴趣自由地作画。

在英语中，被工作要求限制而作画，称为illustration；自由地作画，称为fine art，把二者分开来考虑。过去应该还没有illustration这个词汇，应该也很少有illustration之外的画。也就是说，这个年表所适用的年代，甚至是到更往后的年代，美术史就是illustration的历史，这么想应该是可以的。

1517年，马丁·路德在维登堡宫廷教堂门口贴出《95号论纲》，以此为契机，宗教改革运动展开；在维登堡经营药店、竞选市长，同时也是一位优秀画家的卢卡斯·克拉纳赫强烈支持路德的改革运动。

1519年，莱昂纳多·达·芬奇逝世，享年67岁。

1520年，拉斐尔逝世，年仅37岁；丢勒为了继续领取卡尔五世的年金，前往尼德兰。

1520年—1530年，勃鲁盖尔出生。

1533年，英国的亨利八世离婚，迎娶新的王后安妮，为此，国王创立了新的教会，从罗马教廷独立；这一年，侵略者皮萨罗杀死印加国王，印加王朝覆灭。

1541年，米开朗琪罗（1475—1564）亲手创作的西斯廷教堂壁画《最后的审判》完工，开始创作时间是在1534年。

1543年，哥白尼的《天体运行论》出版；小汉斯·霍尔拜因[40]在英国逝世，年仅45岁；葡萄牙人向种子岛[41]传入火炮。

1546年，马丁·路德逝世，享年63岁。

1551年，勃鲁盖尔进入安特卫普的画家行会。

1552年，勃鲁盖尔在这之后的两年间，前往罗马旅行。我想象他在此时翻越了阿尔卑斯山，见到了多洛米蒂山脉。他的画中所呈现的险峻的山峰，很大可能是以此为参考的。

1553年，卢卡斯·克拉纳赫逝世，享年81岁。

1555年，勃鲁盖尔回国，活跃在希罗尼穆斯·科克版画店。

1560年，安特卫普作为商业港湾城市，迎来了其最盛时期。大多数商人都选择在这里居住，每天有500多艘来自西欧各国的船只进出港口。

1564年，米开朗琪罗逝世；勃鲁盖尔创作《伯利恒婴儿虐杀》，到1565年，他创作了多幅名画。

1566年，狩野永德[42]在京都的聚光院创作屏风画。

1567年，西班牙的腓力二世派阿鲁巴大公率领军队前往尼德兰，占领安特卫普，占领持续了80年；勃鲁盖尔创作《三贤士雪中来朝》。

1568年，尼德兰针对西班牙的反抗激化。

1569年，勃鲁盖尔逝世。

1575年，生于克里特岛的埃尔·格列柯前往西班牙，在托雷多居住。

1576年，西班牙军队突然进攻安特卫普，屠杀6000人，800户人家被烧毁。

1588年，西班牙的无敌舰队败给了英国海军。

## 注释

1 卢卡斯·克拉纳赫（1472—1553），德国画家和雕刻家。他是德国文艺复兴的领袖艺术家之一，擅长肖像画及宗教与神话题材画。

2 伯利恒，一座位于巴勒斯坦西岸地区的城市。对于基督教而言，伯利恒是耶稣的出生地，也是世界上最早出现基督徒团体的地方之一。

3 库尔贝（Gustave Courbet，1819—1877），法国现实主义美术运动的代表人物，"现实主义"一词即得自于1855年他举行的个人画展，《画室》是他最著名的代表作。

4 佛兰德斯在历史上泛指古代尼德兰南部地区，大致包括今比利时西部、法国北部、荷兰沿海部分地区。

5 豪斯登堡主题公园，位于日本长崎县佐世保市，面积比东京迪士尼乐园还要大两倍，是亚洲最大的休闲度假主题公园。整个园区的规划以荷兰女王在海牙的宫殿为蓝本，具有浓郁的欧洲风情。

6 休伯特·凡·艾克（1370—1426），尼德兰画家，与扬·凡·艾克是兄弟。

7 扬·凡·艾克（Jan van Eyck，1385—1441），早期尼德兰画派最伟大的画家之一，也是15世纪北欧后哥德式绘画的创始人，被誉为"油画之父"。

8 希罗尼穆·博斯（Hieronymus Bosh，1450—1516），是一位15世纪后半期至16世纪初多产的荷兰画家。他多数的画作多在描绘罪恶与人类道德的沉沦，代表作有《人间乐园》《干草车》等。

9 彼得·保罗·鲁本斯（Peter Paul Rubens，1577—1640），比利时画家，17世纪巴洛克艺术最杰出的代表，擅长绘制宗教、神话、历史、风俗、肖像以及风景画，代表作《十字架上的耶稣》等。

10 弗兰斯·哈尔斯（Frans Hals，1582—1666），荷兰现实主义画派的奠基人，也是17世纪荷兰杰出的肖像画家，代表作《吉普赛女郎》《弹曼陀林的小丑》等。

11　安东尼·凡·戴克（Anthony van Dyck，1599—1641），佛兰德斯巴洛克艺术家，成为英国领先的宫廷画家，后在意大利和佛兰德享受巨大的成功。与雅各布·乔登斯和彼得·保罗·鲁本斯并称"佛兰德斯巴洛克艺术三杰"。

12　所罗门·凡·雷斯达尔（1600?—1670），荷兰哈莱姆地区一位很有名的风景画家，是雅各布·凡·雷斯达尔的叔父。

13　雅各布·凡·雷斯达尔（1628?—1682），荷兰风景画家，擅长捕捉大自然的力量与活力，他的许多林景作品成为19世纪欧洲风景画家们效仿的典范，如《倒树》和《林景》等。

14　梅因德尔特·霍贝玛（Meindert Hobbema，1638—1709），荷兰画家，作品多描绘乡村道路、农舍、池畔等，代表作《林荫道》《磨坊》等，真实地表现了自然界多变的景象，其精确的透视为人称道。

15　彼埃·蒙德里安（Piet Cornelies Mondrian，1872—1944），荷兰画家，风格派运动幕后艺术家和非具象绘画的创始者之一，对后世的建筑、设计等影响很大。

16　英国女作家奥维达所著小说。

17　根特，比利时自治市，东佛兰德省省会，位于斯凯尔特河和莱斯河汇合处。

18　代尔夫特，荷兰南荷兰省的一个城市，地处海牙和鹿特丹之间。

19　约翰·康斯太勃尔（John Constable，1776—1837），英国皇家美术学院院士，19世纪英国最伟大的风景画家。作品真实生动地表现瞬息万变的大自然景色，其画风对后来法国风景画的革新和浪漫主义的绘画有着很大的启发作用，代表作有《干草车》等。

20　约瑟夫·马洛德·威廉·透纳（Joseph Mallord William Turner，1775—1851），英国最为著名、技艺最为精湛的艺术家之一，尤以光亮、富有想象力的风景及海景而闻名。

21　藤田嗣治（1886—1968），法籍日裔画家，将日本画技巧引入油画，独创的"乳白色肌肤"裸体画受到西方欢迎。

22 阿尔贝托·贾科梅蒂（Alberto Giacometti，1901—1966），瑞士超存在主义雕塑大师，画家。代表作品有《超现实表》《笼》《鼻子》等。

23 费尔南多·博特罗（Fernando Botero，1932— ），哥伦比亚著名雕塑家、画家，被认为哥伦比亚国家的荣耀和人民信仰之父。

24 仓田百三（1891—1943），日本佛教剧作家，广岛人。

25 佐藤忠良（1912— ），日本近代雕塑家，毕业于东京美术学校，他的雕塑主题多半是裸女与儿童，诠释真实、不造作的人体美感，他也是日本第一位作品荣获巴黎罗丹美术馆收藏的雕塑家。

26 堀田善卫（1918—1998），日本战后派代表作家。

27 弗朗西斯科·何塞·德·戈雅–卢西恩特斯（Francisco José de Goya y Lucientes，1746—1828），西班牙浪漫主义画派画家。

28 埃尔·格列柯（El Greco，1541—1614），西班牙文艺复兴时期著名的幻想风格主义画家。

29 有元利夫（1946—1985），日本画家。

30 摩西，圣经中的人物，传说他带领同伴走出埃及，遇见一条大河，用手一指，河水分开，一行人走过。别的画家都强调手，而有元利却说不画手也没关系，他的画也很杰出，这就是跳出了窠臼的优秀，是一种变异。摩西也是当时代的变异，成为带领众人出埃及的圣人。

31 森鸥外（1862—1922），日本医生、药剂师、小说家、评论家、翻译家。

32 高德纳（Donald Ervin Knuth，1938— ），美国著名计算机科学家，斯坦福大学计算机系荣休教授。

33 阿尔弗雷德·丢勒（Albrecht Dürer，1471—1528），出生在德国纽伦堡，13岁时，他画了一幅自己的肖像，形象生动、逼真。19岁时，他为父亲画的肖像，充分显示出成熟的素描功力。丢勒是欧洲第一位为自己画自画像的画家，被称为"自画像之父"。丢勒博学多才，不仅是画家，而且是数学家、机械师、建筑学家，在德国，丢勒享有很高的声誉。

34 高桥由一(1828—1894),日本明治时期西画家。

35 菲利波·伯鲁乃列斯基(Filippo Brunelleschi,1377—1446),意大利文艺复兴早期颇负盛名的建筑师与工程师,他的主要建筑作品都位于意大利佛罗伦萨。

36 皮耶罗·德拉·弗朗切斯卡(Piero della Francesca,约1420—1492),意大利文艺复兴时期著名画家。

37 安德烈亚·曼特尼亚(Andrea Mantegna,1431—1506),意大利帕多瓦派文艺复兴画家。

38 曼托瓦,意大利北部小城,约建于公元前2000年,属于伦巴第大区(LOMBARDIA),曼托瓦省省会。

39 莫里茨·科内利斯·埃舍尔(Maurits Cornelis Escher,1898—1972),荷兰板画家,因其绘画中的数学性而闻名。

40 小汉斯·霍尔拜因(约1497—1543),16世纪上半叶杰出的德国画家。他是美术史上最伟大的肖像画家之一。

41 日本地名,属于大隅群岛的一部分,行政区划隶属鹿儿岛县。

42 狩野永德(1543—1590),日本画家,他创造了一种以金地、浓彩为特色的屏风画。

# 3 / 梵高的印象派时代

梵高生命的最后居住地——拉尤客栈

# 科学时代的艺术发展

美术史在经历了17、18世纪的巴洛克、洛可可时代之后,进入了应该被称为"科学时代"的19世纪。和"地动说"一样,并不是说时间到了19世纪,所有的一切都理所当然地进入科学时代。在这一章里,我们跳过19世纪前半期,直接来说一说19世纪后半期的印象派。

巴黎被誉为鲜花之都,但另一方面也战火纷飞,那个时候还能有谈论美术的闲情逸致,真是不简单。像这样激烈的社会变动,应该和印象派的运动也有一定的关系。

1870年,普法战争爆发。

1871年,法国战败,德国军队攻入巴黎,法国被迫割让阿尔萨斯-洛林地区,都德的短篇小说《最后一课》就是在此时完成的(到第二次世界大战结束时,阿尔萨斯地区才回归法国。);岩仓具视[1]率领的日本使节团出访欧洲。

1874年,印象派举办第一次画展,有30人参加,其中并没有莫奈。

1875年，福泽谕吉[2]写成《文明之概略》。

1876年，丰塔内西[3]、拉古萨[4]成为工部美术学校[5]的教师。

1877年，罗丹在沙龙展出了《黄金时代》，评审中的一人认为"这是用石膏拓人体得出来的"，一时传为佳话。虽然我认为一眼就能看出这不是用石膏拓出来的……

1878年，日本参加巴黎万国博览会。

1885年，梵高画出《吃马铃薯的人》；修拉[6]创作出《大碗岛星期日的下午》；亨利·卢梭[7]立志成为画家，辞去了海关的工作；维克多·雨果逝世，法国为他举行了国葬。

1886年，梵高突然在巴黎的舞台登场。

1888年，狩野芳崖[8]逝世。

1889年，埃菲尔铁塔完工；明治美术会成立；大槻文彦[9]的《言海》刊行于世。

# 照相机与绘画

19世纪至20世纪,正是科学开始的时代。

1903年,莱特兄弟发明的飞机飞上了天空,虽然只坚持了一点点时间。摄影家纳达尔[10]乘坐的气球飞上巴黎的上空,纳达尔从天空往下俯瞰巴黎,拍下了照片。试想一下,直到那时候,人类还不曾从天空往下见识过地面的景色。之后蒸汽机车被发明出来,人类就算静止不动,也能体验"景色不断往后退去"的新鲜感受。还有,之前人们还不曾看过定格一瞬间的画面,比如判断赛马胜负的照片[11]。所以当人们看到真实的马奔跑时腿脚的动作时,大吃一惊——因为与一直以来人们的想象完全不同。画了很多赛马的德加[12],就是得到了照片的启蒙。还有令人震惊的,兔子在奔跑时,耳朵居然是竖立着的。照片,以及镜头,大大地开阔了我们的视野。

我在创作《绘本·平家物语》(讲谈社)的时候,参考了《保元平治物语绘卷》,受益匪浅。考虑到过去的人应该没有眼镜,即使有应该也是很贵的,我想这应该是不到四十岁的人画的。不过,画得真好。

随着科学的进步，视觉世界也在不断瞬息万变。我虽然相信人类本质的东西（对于美的事物发生感应的感性）没有变化，但是评价美的价值观应该已经变了。比如说，"机能美"这样的词汇开始被强调。简单地来说，最开始人们只考虑在空中的安全性而制造飞机，之后，以机能为目的的飞机造型，又要从美的角度去考虑设计。旧时的日本刀也是如此，文明还未进步时，佩刀人的感性是丰富的、锐利的、充满个性的。

虽然发明不止照相机一项，在这里我们就只说说拓展了视觉世界的写真吧。

这种写真术，我想最初只是作为绘画的辅助手段，当人们在黑白照片上面上色时，照片就向画的方向靠近了一步。

据说印象派初期（1874年）的发表场地就在摄影师纳达尔的画室，从这件事上就能看出照相和绘画有着紧密的关系。

的确，在代替肖像画方面，照片发挥了巨大的威力。就像工业革命时期的反对运动一样，因照相技术的发展而处于失业边缘的肖像画家们，针对照相机发起了抵抗运动。而这正好被德加和郁特里罗[13]这两位写真爱好者好好利用，拍摄了不少关于抵抗运动的照片。最近，美国的诺曼·洛克维尔[14]以理想的形式，利用照片来作为绘画的手段。这里所说的"理想的"，是指效率高的意思。人们很容易会以为，看着照片来画的话，谁都可以画；诺曼·洛克维尔却是像在拍电影一样，把故事的场景以类似照片的形式给画出来，真是很不容易。

虽说有"超现实主义"的手法，但是这里有一些不同。现代绘画变得抽象，一言以蔽之，就是变得难以看懂了。但是，写实画派在经历了怎么画都可以的现代绘画风格之后，又重新尝试了现实的表现手法。这可以认作是超现实主义。这与之前的"现实"思考方法不同,已经可以算作照片了——就像是对着照片一模一样地摹写下来。比如,一个打碎的鸡蛋中流出蛋黄蛋清的瞬间,如果不借助照片,不论如何高明的画家都画不出来。而且,就算有了照片,也不是任何人简简单单就能画出来的,这我之前就说过。这样的作品,从拍照片的时候起,从想着无论多难都想要画出来的时候起,就已经开始在酝酿中了。

我看过的作品中,有描绘穿着T恤的人的胸部的画。T恤是濡湿的,所以一部分沾在肌肤上,一部分没有沾着,濡湿的地方就像真的湿了一样,微微凸起的部分显出没怎么沾湿的样子。而且,T恤的布面纹理也表现得很好,作者真是有令人震撼的耐心。

我所知道的人中,有人用铅笔来画人的脸。整体的画风是可以令人震惊的写实风格,向后垂散的头发中,画了一根白头发。我想,这应该就是用留白的手法画出来的,但是不是果真如此,听到肯定的答案后我才确认。现在也有能画出如此厉害的作品的人呐,我安心了。

虽然我并不认为野田弘志[15]的作品是超现实风格,但是他以前画的《制图板》的确是了不起的作品。这并不是对着照片画出来的作品,而是对着真实的制图板画出来的。在与画布同样大小的制图板上,不仅仅是木头的纹理、滴落的墨水印记、刀刻的痕迹,连手垢都有精密的描画,这已经是要让人用放大镜来观察的图画了。简直像是从制图板上切了一片贴在画布上似的。但是,这与画还是不同的。

以野田弘志的另一幅画举例。那是他为加贺乙彦在《朝日新

野田弘志
《竹棒和绳结》
1984年，丰桥市美术博物馆

闻》上连载的小说《湿原》所画的插图。他所画的写实作品每天连载在报纸上，引起了大讨论。《竹棒和绳结》的作品中，只画着一根竹棒，上面结着三处绳结。要是把这当作"静物画"，就不明白为什么竹棒要这样水平地放置，也不知道为什么有三处绑着绳结，这和迄今为止一般意义上的"静物画"感觉很不同。而且，如果目不转睛地注视它，就看到画家连绳结上的毛刺都刻画出来了。画家计算着报纸印刷所能表现的最大精密度而创作，这在世界上都是独一无二的。

与过去的夏尔丹不同，我想这些作品是继承了现代绘画的思想的。

安德烈·怀斯[16]是现代美国的代表画家。他以巴黎为活动中心，风格与所谓的美术史毫无关系，一个人开创了写实画派的世界。他是不是借助了照片，已经不是什么重要的问题了。

我曾经去参观瑞士海关博物馆，博物馆正对着卢加诺湖。在回去的路上，我发现了一个有趣的小镇，靠岸处像贴着沿岸一样，就想画下来。可一进那个小镇，从船上看到的景观，和刚刚进入小镇时看到的风景，就像从舞台正面看和侧面看一样地迥异。在船上可以看到小镇的正面，要是不拍下照片，就没办法画。但是，那种时候，我可不想借用照片。

同样地，我曾看过画着塞纳河和架在河流之上的桥梁的风景画，画是从空中向下俯瞰的视角。像这样的情况，要是拍照的话倒是不错，要是画画的话，就会产生"在哪里放置画布比较好呢"的疑问。这种画看上去就像是对照着明信片画出来的，还是算了吧。

那么，要是画肖像画，对着照片来画就没问题了吗？虽然很容易这么觉得，但真要这么做，即便能画出与照片一模一样的画，也可能不像本人。原本，照片是定格瞬间的影像，而本人是根据我们从各个角度去认识的综合体。一瞬间的照片是否能反映全部的本人呢？我对这一点抱有疑问。

《梵高的信（中）》（岩波文库）里，有句很有意思的话：

"追求正确的素描和色彩，可能并不是最重要的事情。要问为什么的话，就算把镜子里映出的东西，用颜色之类的给定格下来，那也是与'画'完全不同的东西，甚至说很难超越照片。"

# 线条是画家思考的痕迹

过去的电影招牌,是用幻灯机把照片放大,对照着画出来的。"什么呀,原来这么简单呀!"——人们很容易这么想,但实际上一点也不简单。为什么?因为照片是没有线条的。脸部的轮廓也不明显。即便脸部轮廓是明显的,脸颊和鼻子周围也不像浮世绘那样用线条表现,还要表现色彩的浓淡、光影的明暗,这都需要相当的修炼。

地图和牧野富太郎[17]的植物图谱都是用线条表现的。现实中,地形和植物是没有线条的。线条是画家在对对象的认知基础上,进行取舍和抽象画出来的。

浮世绘在其工程之上,具有诞生线条的必然性。铜版画也由线条完成,并且经常以线条密度的稀疏来表现明暗。

西欧的绘画中有素描,因此不能说没有线条。但是因为植物等绘画对象在实际生活中没有线条,以写实为志向的西欧画中,经常隐去了线条。

中国和日本的书法里蕴藏着线条,与此相应地,日本画里也蕴藏着线条。

葛饰北斋
《凯风快晴》
1830 年，东京墨田北斋美术馆

　　浮世绘之所以让印象派画家眼前一亮，不仅仅是因为它平坦的色彩画面带来了新鲜感，也是因为其中有线条的存在。想来，线条直接表现了手的动作，也就是反映的心的动作。（这个说法并不完全适用于浮世绘。）画速写的时候，力道的强弱，明暗的过渡与陪衬，画家是心有犹豫还是胸有成竹，这些都完全隐藏不了。也即，素描的线条是思考的痕迹。所以从某种意义上说，这是原创性最高的作品类型。

　　小孩子在涂鸦的时候，就在用线条作画。可以认为，日本画、中世纪的画从"线条"过渡到"面"，进入19世纪又重新回归"线条"。

# 宫廷画家的没落

美术的潮流向写实派倾斜,出现了许多优秀的画家:创作了《拿破仑一世加冕大典》的大卫[18]、新古典主义的巨匠安格尔[19],等等,这些美术大师激起波涛汹涌的艺术浪潮,滚滚奔流到广阔的大海。

因为教会和王公贵族是画家最大的赞助商,所以那个时代的画家们,都以宫廷画家为目标,激烈竞争。堀田善卫的《戈雅》一书中,就记载了当时的画家们之间的纠葛。也就是说,当时除了宫廷画家之外的,都不能算作真正的画家。

那个时代的绘画风格偏重豪华,比如缎子的布料、珍珠项链、精美的蕾丝、光泽的金色卷发、美丽透明的肌肤,等等细节,都得到了极其细致的描绘,今天是无论如何也画不出那种程度的。我心想,这大概就是"时代"吧。那种画,一定是差遣了许多个助手和学徒,夜以继日地绘画赶工,把所有精力和时间都投入进去,才能完成的。所以才留下了这样在精细程度上无出其右的作品,而且精致也成了评价美的标准。虽然有人认为现在已经没有人能够画出这样的作品了,但我觉得还是有能办到的画家的,比如之前所说的野田弘志。只是到了今天,已经没有市场了。

世道更迭,王公贵族湮没在历史中,取而代之的是大商人阶级、大企业主等,他们成了画作最大的买家。印刷技术也有了充分的进步,作品可以大量生产。就像唱片的产生让古典音乐迷大量出现一样,画集和复制画大量上市,旅行者增加,直接去海外的美术馆欣赏名画的机会也增加了。之前在密室中独自熠熠生辉的名画,开始被越来越多的人知晓。

我也曾作为观光客,去西欧的城堡中参观。猛然间我想到,要是世道没变的话,想我这等身份,是绝对不可能在国王陛下的寝室和洗手间一边晃荡一边东张西望的。这么一想,不禁感到怅然。世界的变化真是翻天覆地啊。

# 印象派之光

起因是马奈[20]在1863年在沙龙上展示了作品《草地上的午餐》。

现在它是在法国奥赛博物馆内公开展示的作品，但当时，却被批评"裸体女人和衣着整齐的绅士一起坐在草地上野餐什么的，是为世所不容的"。且不说画本身的好坏，当时的长老们都皱眉说画的内容是"不像话"的。也因此，这幅画落选了当时官方举办的画展。后来马奈发表《奥林匹亚》，画的是当时人尽皆知的娼妇，也因此马奈被认为做得挺过火的。马奈的落选引起了年轻画家的愤怒，他们认为"审查员不公正"，于是如潮水般的抗议书涌到了拿破仑三世面前。皇帝表示了开明的理解，回答道："既然如此，就安排会场，让心存不满的人在那里展示作品，让公众来评价，如何？"于是，历史上鲜见的"落选展览会"召开了。那么公众的感想又如何呢？从社会风气的角度来说，大多数人并不希望这种画出现。

但重点并不在于我这些说明性的话。马奈的作品与之前的传统写实表现相比，色彩格调更加明快，以马奈为中心聚集了一批青年画家——毕沙罗[21]、西斯莱[22]、莫奈[23]、德加，等等，他们孕育了新

马奈
《草地上的午餐》
1863 年,巴黎奥赛博物馆

时代的艺术氛围——以色彩展现画作。如前所述，在1874年，他们召开了第一届共同展览会。虽说"色调明快"，但如果今天去巴黎的奥赛博物馆参观《草地上的午餐》，可能会纳闷：这也算是"明快"？可见，"时代"真是一个有趣的东西啊。

说起"印象派"，它并不直接刻画眼睛看到的事物，而是表现心中铭记的"印象"。这么解释的人很多，但是要画出"印象"这种朦胧的东西，是很难的。实际上，在1874年的展览会上，莫奈展出的作品《印象·日出》就被新闻记者冷嘲热讽："那只是画了一种印象"。受此影响，画家们就以"印象"作为展览会的名字，虽然这词本身不是赞扬的意思。这就是一切的开端。后来，评论者又辩解说"我不记得我说过什么负面的评论"，也间接说明了印象派的运动渐渐成为了画坛的主流。

印象派的展览会从1874年在纳达尔的画室开展之后，到1886年一共举办了八次。在此期间，参加者们你来我往，直到20多年后，世间才对印象派的存在给予褒扬和评价。

塞尚[24]、雷诺阿[25]、梵高都赞同印象派的主张，不过，随着具体情况和时代的不同，印象派分为新印象派和后印象派。印象派所带来的新思潮不仅影响了画坛，还在音乐和文学领域广泛传播。

在这里需要注意的是，印象派并不是从最初开始就有成熟的宗旨和主张，其形成也不是说赞成其主张的画家集中在一起就形成了一派；从结果上来说，应该是聚集起来的人们有相似的主张才形成了一派，这么讲比较正确。规定"派别"，把"后印象派"等词汇整理之后加以综合考虑，我想这个做法与后来形成的"史观"类思考方法很相似。

## "留洋"的画坛

听过去的人说,过去的画坛常常议论"这个画家去过巴黎,那个人没去过"。是否留过洋,对画家的作品受到什么样的评价,有很大影响。因为那是一个不留洋,就看不到西欧绘画的时代。

现在虽然已经不再使用了,但当时"留洋"这个词还蛮常见的。

"留洋"可不容易。要横渡万里的波涛,要花上至少一个月的时间,要花费大量的金钱。

原田直次郎[26]虽然也留过洋,但他去的是德国,回国的时间又很早,所以和印象派没有什么关系。总之他是在印象派的风潮起来之前就回日本了。

针对当时激进的西欧化,产生了排斥洋画的反对运动,为了与此对抗,明治二十二年(1889年),志同道合的日本画家结成了明治美术会。成员有浅井忠[27]、小山正太郎[28]、松冈寿[29]、山本芳翠[30]、川村清雄[31]、原田直次郎,等等。

之后,带着划时代的印象派画风回国的人们回国了,其中就有黑田清辉[32]。

回国的黑田不仅仅带回了法国革新的画风，还带来了新进的锐气，指摘明治美术会的前辈们的画风"阴暗、油腻"。

唉，因为是日本人，所以也难怪会这样。日本的归国印象派思潮本来就不是自己创作出来的，作为新进派，就看低古旧派的做法，真是孩子气。

在开篇我提到的收集大原美术馆作品的画家——儿岛虎次郎[33]，在明治美术会成立时还只是小学生。他最初入选画展的作品比较暗沉，在多次留洋之后，画作很快就变得明快了。我想，那就是当时日本美术潮流的象征吧。

# 梵高的一生

## 一、对光的追求——阿尔勒时期之前

1853年3月30日,在邻近比利时的荷兰小镇津德尔特,梵高降生在一个牧师家庭。

梵高的故居位于镇中心,当我寻访而去的时候,那里已经变成了房屋中介了。而且,梵高所诞生的房子已经被卖出去了。距今约20年前卖出去的,价值2000万日元。

1873年,梵高的弟弟提奥在亲戚的介绍下,来到画商古皮尔商会工作。

梵高也曾在古皮尔公司工作,之后被调往巴黎,但梵高主动辞职,之后尝试了包括见习神职人员在内的很多工作。梵高曾经在煤矿上作为神职人员工作过,他在那里本应得到很好的照顾,连所穿的衣服都是别人做的,但事实上他自己招惹了许多麻烦。那个时候,他就已经开始绘画创作,留下了一些描绘煤矿工人的作品。

为人称道的《吃马铃薯的人》就是在1885年完成的。当时梵高32岁。

梵高
《吃马铃薯的人》
1885 年，阿姆斯特丹梵高博物馆

1886年，修拉的《大碗岛星期日的下午》发表。印象派迎来了黄金时代，日本的浮世绘也聚集了相当的人气。

梵高在经历了失恋等重重打击之后，终于下定决心要做画家，在1886年突然去了巴黎。那时他33岁。梵高身上也没有钱，就借住在弟弟提奥家。就算莽撞如梵高，也憧憬着作为艺术之都的巴黎吧。在巴黎，梵高结识了劳特累克[34]、之后在《梵高的信》上撰写序文的年轻人伯纳德[35]，还在第二年结识了高更[36]。这些人现在都是家喻户晓的大画家了，但当时除了劳特累克之外，大家都是贫穷的青年。

1888年，梵高又突然前往阿尔勒[37]。那时他35岁。梵高在他留下的信中写道，"阿尔勒一定是和孕育了浮世绘的日本一样，是个明亮的世界"。对于有着迁徙癖的梵高，我们不能知道其真实的想法，但是他似乎对日本有着某种情结。对于生在北国荷兰的梵高来说，可能在潜意识里，憧憬着南方的温暖阳光。但讽刺的是，据说在他到达阿尔勒的2月21日，那里下起了白雪。

差不多从那时起的梵高生涯，在《梵高前往星空的旅程 上下》（藤村信著，岩波书店）一书中有详细的记录。之后，梵高在阿尔勒创作了很多作品，包括《吊桥》《阿尔勒的黄房子》《夜间的露天咖啡馆》《阿尔勒的少女》等。他在那里结交了新的朋友，并为他们画像，例如《邮递员》的肖像画，等等，都成为一时话题。从他创作灰暗基调的《吃马铃薯的人》开始，只过了不到三年的时间，梵高的画风发生了惊人的变化。但是，在梵高活着的时候，他只卖出去了一幅画，所以当时他的生活费、买画布颜料的钱，大大小小都是提奥筹措的。即便如此，梵高也从没停止过画画。

读了《梵高的信》，就会明白，梵高不是一个人。我们现在说起梵高，就只是指哥哥梵高，实际上，梵高和提奥两兄弟是两人一体地渡过了共同的人生。我想，这真是世间少有的例子啊。

　　我在之前就提过很多次，画画分两类：以画画为条件，完成找上门来的工作；被想画画的冲动所激励，不由自主地想要画。梵高简直就是后者的化身，他不画画就没办法活着。一般人要是画一张椅子，稿纸是不会堆成小山一样的吧？还有，人们能理解画家去临摹别人的作品，但不会想到去临摹自己的作品吧？后世的人们难以理解梵高疯狂作画的动机，尝试不断地诠释，但我猜想，他是只有作画，才能感到安心。

　　梵高留下了很多自画像。因为没有请模特的钱，就干脆画自己了。现在我们都知道梵高的画价值连城，但当时可没有谁想要他的自画像。所以，梵高只是纯粹地想画画，画什么都行，甚至留下了《耳朵上扎绷带叼烟斗的自画像》。

　　《寺田寅彦随笔集（一）》（岩波文库）中，有一篇叫做《自画像》的文章。非常有趣，请读一读吧。

## 二、与高更的生活和关系的破裂——阿尔勒时期

　　梵高作品之一的《梵高在阿尔勒的家》中的"黄房子"，是梵高租来作为画室兼住宅的地方。梵高一直尊敬高更，想把他叫过来一起住。当时高更虽然通过提奥卖出了一些画，但还是负债累累，梵高的提议对他应该是个不错的选择。还有，之前我虽然写道，梵高在阿尔勒认识了新朋友，但是他们是为数不多的认可梵高的人；在阿尔勒，大部分人对于突然出现的异乡人，还是抱有不友好的态

梵高
《耳朵上扎绷带叼烟斗的自画像》
1889年,芝加哥布洛克私人收藏

度，因此对于梵高来说，日常生活中并没有人可以分享温暖。

所以，要是高更能来的话，不仅房租可以减半，请画画模特的费用也可以一起承担。梵高觉得要是能与高更一起谈论艺术，怎么谈也谈不够，因此如同做美梦般等待着高更的到来。这些在他留下的信里都可以看出来。

经过画商提奥的努力经营，高更的画一点点卖出去了。高更的画是在布列塔尼[38]地区，一个叫蓬塔旺的小港口的画室创作出来的。蓬塔旺是位于入海口的一个小村子，现在已经成为观光景点了，是个很不错的地方。

从梵高的信件里可以知道，梵高时常在考虑建一个画家协会，让画家互相帮助、一起作画，就像是类似剧团的组织。梵高拿出了从在煤矿做见习牧师时就有的老好人般的善良，真挚地抱有这样的梦想，但是画家们都非常有个性，这毫无疑问是不可能实现的。梵高是个理想主义的人，是只有小说作品里才有的画家。

1888年10月23日，高更从蓬塔旺辗转乘车，终于来到了阿尔勒。据说旅费也是提奥出资的。

我曾经看过电影《梵高传》[39]，讲述了梵高的生平。饰演梵高的是柯克·道格拉斯，饰演高更的是安东尼·奎因。梵高的扮相十分有个性，演员的脸和梵高本人也很相似。而高更的形象，是一个油光肥腻的男人。有人说电影在这一点上不够还原真实，但是我看了原作[40]，觉得高更就应该是那样的形象。

即便是非常亲近的朋友，有很多人也很难一起旅行。何况要共同生活，一定有一方占有主导权。高更不仅年长梵高五岁，从两人的个性来看，高更也是作为兄长的角色。梵高对此没有不满，但是两人关系产生裂痕的日子,还是毫无疑问要到来的。

12月23日,梵高切去了自己的耳朵,很快,高更就离开了阿尔勒。两人的共同生活,只持续了可怜的两个月。

### 三、疗养院时代——圣雷米

此后,梵高进入了圣雷米疗养院,因为他觉得离自己比较近。当时阿尔勒的人们并不是都欢迎他,但是现在,这家疗养院已经被命名为"梵高诊所",梵高当时所住的病房也公开给游客参观了。

在那里,可以看到装饰用的画。我从窗户伸头看去,庭院本身和画着庭院的画比起来,还是画要好得多。

节目《散步街道》取材时,我为了写生曾和节目组一同前往。同行的司马辽太郎说过"这可以作画"。他说:"安野先生呀,这种地方你也可以画出画来呀。"我当时心想,是吗?这不是在说坏话。梵高画画,并非刻意,而是出于天性吧。这种时候,我就好羡慕梵高啊。

司马辽太郎还经常说:"真正的苹果和画中的苹果比起来,为什么总是画里的比较好呢?"这可不能当作简单解谜那样轻率地回答,不过,从梵高的工作里可以找到答案——虽然这么说,但又是谜一样的回答。梵高所画的庭院实物本身似乎没有什么特别之处,但是他所画的庭院,却能击中人心。

在疗养院的入口处,原本有查德金[41]所作的梵高青铜像,铜像面带哀愁,是一个传神的作品。在我第二次去的时候,却被小偷盗走了,只剩一张说明"被盗走了"的纸贴在那里。小偷用锉刀切断护栏的两根铁棒,把铜像带走了。我想现在它还在世界的某个角落吧。这小偷也真有一套。

对于梵高来说，画画是比什么都有效的疗养，医生也因此建议他画画。在梵高居于此地的一年里，他创作了很多作品，其中有医院的庭院、周围的风景，等等。我曾在好几个他写生的地方，矗立良久。

我在十六七岁的时候，去大原美术馆看过梵高的画《杉树》。站在画前，我心想着"啊，梵高就曾经站在这幅画前面，就站在这个位置啊"，感动得不禁战栗起来。之后有人说那幅画是赝品，我的战栗好像就变得虚无了。在圣雷米疗养院，我就站在梵高当年所站的地方，所见的风景，一如当年。即便眼睛所见的完全相同，和照片比起来还是不一样。果然还是画能够奏响人的心弦啊。

顺便一提，佐藤忠良住院的时候，只要稍微好转了，就让做女演员的女儿织江去买纸和画具。织江一边嘟哝着"医生明明交代要绝对静养"，一边去买了。然后病人佐藤就从床上坐起来，开始画鲜花、电视里的人物，等等。果然应该相信画画能够振奋与病魔战斗的精神。在病房里装饰别人的画虽然也行，但还是自己画的画更好啊。

**四、临摹的尝试**

梵高在疗养院的时候，经常临摹绘画作品。世所共知，他临摹过德拉克洛瓦[42]和米勒的作品。

塞尚也临摹过很多作品，不仅仅是临摹绘画作品，还写生了许多雕刻作品。好像这个时代的画家为了学习作画，都很积极地临摹。照片和复制品都很容易得到，所以不用亲自去美术馆写生，为了学习画画，用复制品来做临摹练习也是可以的。虽说在学校里接受正规的绘画教育是最好的，但是如果只是等着老师的指导，自己毫不主动、袖手旁观，那是成不了大器的。这不仅限于学习绘画。就算是去学校，自学也是很重要的。我想塞尚等人就有这个自觉，把身边的临摹当成是学习的重要内容。

毕加索也临摹过很多作品。我所见过的有贝拉斯克斯[43]的《宫女》第50号，不，应该是在比那更大的画布上的四幅作品，毕加索用非常粗略的笔触，一幅一幅地临摹下来。在他临摹的作品里，有一只狗躺在前面睡觉，我还以为是毕加索的恶作剧，但实际上，作为模特的贝拉斯克斯的原作里也有这只狗。我总是提醒自己要记住这一个环节，但还总是忽略了狗的存在。算来，毕加索的临摹是在一天之内完成的，真是"毕加索范儿"呀。

所谓的"临摹"，一般来说是照着原作一模一样地画下来，并不是只画一部分，或者把尺寸缩小了画，更不是制造赝品，这一点要先申明。在外国的美术馆里，经常能看见临摹的人。因为要画得和原作一模一样，所以学到的不仅仅是微妙地表现人物肌肤的手法，还能感受到前辈画家们在作画时内心的想法。

梵高和毕加索虽然是在临摹，但与其说是在画一模一样的东西，不如说是在画以别人的画为模特的静物画，比如，以贝拉斯克斯和米勒的画为写生对象。比如，梵高也临摹过浮世绘。在这里，与其说"临摹"，不如说梵高是在写生。他是以浮世绘为模特，创造了不一样的新作品。

梵高把自己临摹别人作品的行为，比作是音乐家在演奏作曲家所作的乐谱。我倒认为绘画和音乐是不同的。作曲家以让音乐家演奏为前提来作曲，而画家可不是以让人临摹为前提来作画。一般的作曲，以乐谱的形式表现，演奏者通过阅读乐谱，从而领会作曲家的意思。演奏家不仅仅是再现了音乐，而是创造了独属于这个演奏家的音乐，这一点临摹可办不到。如果作曲家通过CD等音盘记录下音乐，演奏家听了之后再重现这段乐曲的话，那才比较接近临摹。

我想，演奏家和翻译家是比较相似的。森鸥外翻译过安徒生的《即兴诗人》，有人说"翻译版本比原作还要好"，实际上是不能这么比较的。我虽然没有读过原文，但偏心地想：应该只有翻译成文言文的部分才有可能比原作出色。

画家铃木庆则[44]的临摹作品几乎能以假乱真。他临摹过高桥由一的《鲑鱼》，他的临摹作品比起原作，鲑鱼被稍微切掉了一点点。他还临摹过塞尚的《穿红背心的少年》，铃木把画的比例稍稍拉长了一些。塞尚的原作里，少年的手本来就画得比较长，铃木则是出色地恶搞了这一点，这虽然是临摹，也不仅仅是临摹了。

保罗·克利被称为"色彩的魔术师"。为此，我做了一个小实验：我先自由地画了一些形状，然后从克利的作品中取出颜色，以同样的颜色画到我自己的画上。然而到了最后，我却没有完成了自己的作品的感觉。这件事后，我常常暗自心想：所谓的"临摹"虽说是为了学习绘画而存在的，但我们所花费的努力是不是一定就真的起作用了呢？

## 五、前往瓦兹河的沿岸——奥维尔镇

1890年，梵高的身体好了些，于是离开圣雷米疗养院，前往拜访奥维尔镇的加西亚医生。梵高寄宿在奥维尔镇的公务所前面的拉尤客栈。拉尤客栈现在还在那里，梵高所住过的房间也被小心地保存起来。

在梵高来到奥维尔之前的1872年，塞尚就携家人来到了这个小镇，在这里创作了《自缢者之家》等作品。在离奥维尔仅六公里的蓬图瓦兹[45]镇上，住着毕沙罗。再往河流下游的吉维尼镇上，住着莫奈，有名的《睡莲》就是在此地画的。莫奈的画室现在已经成了著名的观光景点。当时的他们还年轻，后来都成了美术史上划时代的印象派、后印象派大师。这些大师们住得这么近，真是有意思。

梵高在奥维尔创作了相当多的作品。他画中的教堂，现在也保留在当地。

以前我曾经为NHK教育电视台做过以"画风景画"为主题的节目，我就想要试着画一下梵高在奥维尔所画过的教堂。实际上，我想遵照古法，以写实的手法来表现，再与梵高的画作比较看看。当然了，并不能说我的画就画得比梵高好。《梵高的信（中）》里也提到了写实的古法："最近我画的三幅作品，采用了你也了解的远近法。我很尊重使用远近法的框架。"

所说的"取景框"，是指在打开的长方形窗户上，架上十字的黑线。之前我已经解释过，关于用这样的取景框如何取景，如何考虑视野、构图，以及如何利用黑线的坐标来使用远近法。梵高在信里又写了这一点，从他的画来判断，他当时就已经通过取景框使用了古法。但是当我去现场一看，才大吃一惊。教堂后面就是山崖，如果把取景框比作照相机的镜头，把要画的对象比作被摄物，那么照相机和被摄物之间没有距离。就算想要用准备好的取景框，如果不能把取景框一个劲地放到眼前，大的教堂就无法入景。这真是失算了。至于为什么行不通,之前在丢勒的远近法介绍里我已经解释过了。即便如此,我还是规规矩矩地画了素描,虽然是幅没意思的作品。

使用取景框,是为了要把眼睛所见的东西写实地画出来。且不深究梵高是不是写实地作画,单以《有乌鸦的麦田》举例,这就不是写实的。勃鲁盖尔的时代,画是有密度的。从这个意义上说,梵高的画与"密度"这个词是不相符的,首先,绘制作品所需的时间和经费就不一样。看着以前的出色作品,恐怕要跪倒在地说:"真是太出色了。我和您是不一样的啊。因为时代不同了。我做不到像您那样。"但是梵高具有画出"有密度"的画的实力,而且他的画能给人带来感动。画中的那片麦田至今也还在。一片普通的麦田里,麦穗只是随风摇摆。但是梵高的画却全然不同,虽然他也是通过写生画出来的。

有不少人会问:"为什么梵高的画就这么价值连城呢?"且不论画的价格,如果认为梵高的画能够不停地吸引人心是不可思议的话,那一定是没有读过《梵高的信》。我看完这本书,深深地感动。与其说是被信感动,不如说是被其文学性感动。我第一次觉得,梵高也是擅长写文章的。

这里妄自评价说"擅长",有点儿失礼,一般我们说"文章写得好",是说文章的形容巧妙、韵律感强,到处镶嵌着美丽的词句。还有文章明晰,能够把所写的东西充分传达给读者。但是,这种想法必须稍加订正。梵高的信里没有华美辞藻,当然也没有拙劣的形容词。文章明晰可能要归功于翻译者,总之梵高的信称不上写得特别好。

梵高
《有乌鸦的麦田》
1890年,阿姆斯特丹梵高博物馆

我并不是被文章的技巧而感动，而是感受到了文章背后，梵高汹涌磅礴的热情而心灵震动。我说"被他的文学性所感动"，不是指被文章本身感动，而是从不得不写的作者的心情获得感动。文学本来就应该是那样的。要是读了梵高的信，就很难完全脱离他的心情来观赏他的画。大冈信[46]也说，要脱离信的先入感来看梵高的画，是办不到的。

我也是如此。但这种说法从某种程度上，是危险的。也就是说，我这不是虚心坦怀地在看画，而是事先知道了梵高这样的稀有存在才去看的。这样是不是就不能虚心坦怀地欣赏画了呢？我基本上是认同应该虚心地看画的，所以在此不好评论。但老实说，要做到虚心地、毫无先入感地看梵高的画，我是永远不行喽。

### 六、点描派的登场

用三棱镜折射太阳光，就能看到七种颜色。这对于画家来说是一种启示。那么就不用在调色盘上把颜料混合，而是直接把色彩点在画布上、再离远一些看，就能得到与混合颜料来调色一样的效果，还能回避因为混色而引起的浑浊。（这里所说的"七种颜色"因为也有色彩渐变，所以并不是严格限定只有"七种"。）

彩色印刷是用四色的细微的点大量集中起来，以此表现色彩的变化。电视画面是用八色的光点来表现色彩的，用放大镜来看看就知道了。但是它与混合色彩颜料不同的是，光点的混合会变得更加明亮。

修拉因为发表了有名的点描大作《大碗岛的星期日的下午》而名声大噪。（但是他所用的不仅仅是原色的点。）这幅画的创新不仅

修拉
《大碗岛的星期日的下午》
1884 年—1885 年，芝加哥艺术博物馆

仅表现在点描上，在画面构成等其他构筑表现上也很出色。这幅划时代的、实验性的作品一出，就吸引了众多的追随者，"点描派"也因此诞生。

与勃鲁盖尔时代不同，这个时代的画家不在画室中创作，而是直接走到屋外，在太阳底下作画，因此也被称为"外光派"。光谱一旦被分光，就没有了黑色，因此画家们都不用黑色颜料，而用紫色表现阴影，所以也有人称他们为"紫派"。

那时候，塞尚给埃米尔·伯纳德的信里写道："自然界的万物，都是由圆柱体、球体和圆锥体构成的。"我并不喜欢这种类似箴言的说法。

把物体细微分解的话，最后都会成为原子的粒子。相反地，用乐高玩具来组合，可以做出差不多所有的形状。所以，塞尚的那种结论到底是不是经过深思熟虑的，也不清楚。但是塞尚作为画家的地位很崇高，后辈的画家对他的话也反应过度。考虑到他对后来的立体派也有相当的影响，这句箴言应该是流传开了。

但是司马辽太郎在《微光中的宇宙》（中公文库）一书中，以自言自语的口气写道：证实了光可以分为七色后，点描派诞生了；与此相对的，塞尚是不是期望关于形状，有一些新的突破性思考呢？

一言以蔽之，新的绘画手法在向着科学的方向靠近。不仅限于画坛，这是当时社会的风潮。比如说，把调色盘中的黑色颜料藏起来，以紫色来代替黑色。这些细小的尝试，也在让绘画自动地改变。

如今屋外写生成为理所当然的事，这样就能得到如毕沙罗的风景画中一样的明亮阳光。云也好、风也好，都与观念中的风景不一样了。

除了点描画法的出现，绘画的表现也不得不发生改变。对于自己现有的画风不满意的人，也许对于偶然出现的新画风感到满意，点描的手法也因此广泛传播。

在画坛中，是很难有独占的手法的，因为会不断有人来模仿。修拉似乎对此很不高兴。梵高也是尝试点描的众人之一。

顺便一提，我认为在很久以前，拜占庭美术中的马赛克画也是点描的一种。

### 七、风景和记忆

我喜欢的毕沙罗是印象派画家的核心成员。以前，我第一次前往法国的巴比松村（米勒等人居住的地方），感到"什么嘛——"。印象派画家们走出屋外，只是写生眼前的景物就能成为作品。也就是说，眼前的风景与毕沙罗的画是一模一样的。我很快意识到，之前自以为是地觉得"要是我也生在法国，也能画出那样的作品"，是多么地不自量力了。我在看到法国的风景之前，就通过毕沙罗的眼睛看过法国的风景了。

奥斯卡·王尔德说过一句著名的话："艺术是大自然的模仿对象。"（根据朝日新闻刊登的报道【2003年8月23日】，这句像是反话的箴言的典故，出自王尔德以对话形式所写的文艺评论中。他还说道，与"艺术模仿人生"相比，更多时候，"人生"是在"模仿艺术"，这才是真实。我想这种表现方式广为流传，带有箴言般的回响。）

河上肇[47]在《西欧纪行 回顾祖国》（岩波文库）一书中，引用了王尔德的很有意思的话。"伟大的艺术家从来都不是以事物的客观本来面貌来认识它们的。要是这样的话，他就称不上是艺术家。试着以现代举例，我知道你们都挺喜欢日本的事物。对于他们在艺术中表现的东西，你们认为，日本人就是这样的吗？你们觉得，现实世界中他们就是这么生活的吗？（中略）在艺术中登场的日本人，是许多艺术家擅自根据他们自己的想象来创造的。"我就引用到此，有兴趣的读者可以去看这本书。

如前所述，我们应该没有以"符合远近法原理的写真"的方式来看风景。即便风景映在视网膜上，我们也不能完全一样地认识它，那是因为干扰人类记忆的因素太多了。所以，人类往往把容易记忆的要点给抽出来，再去认知事物。因此人们会把富士山比作反过来的研钵似的三角形。漫画也是用线条总结出要点，方便记忆。借助画的帮助来记忆的风景，与实际上的风景不同，从记忆者的立场出发，不如说容易记忆的风景画可能代替了实际的风景。"艺术是大自然的模仿对象"说的就是这个。所以，法国的树丛啊，看起来是在模仿毕沙罗的画呢。

同样是画风景画，有人说"高更是根据记忆作画。梵高是看着风景作画"。在这里，"高更的记忆就如同他的画。也就是说，高更是在写生自己的记忆"，这么考虑的话，就有些说不通了。高更的记忆也不过是如同幻象，与实际的事物是不一样的。试着在画布上再现幻象，把幻象美化之后完成的作品，就要说"这就是记忆"，我实在不能认同。

那么梵高又是怎样的呢？梵高在风景前面支起画布，要是遇上大风就麻烦了。即便如此,梵高在看到风景,比如说杉树时,马上就运笔作画,在这么短的时间内,也不得不借助主观记忆。这时梵高的记忆就值得怀疑了,因为不知道它是否客观。一定有很大的空间让充分的感情因素掺杂进去。

梵高的点描,并不是完全符合修拉的色彩理论。他也会使用在印象派理论中几乎要消失的白色和黑色。"为什么非要把日本人以其作为调和基础的这两种颜色给舍弃不可呢?"梵高在尝试了点描之后,渐渐地笔迹从"点"发展到"皴"。点变得斜长,点中带有弯曲,弯曲的小线条集中在一起,形成了云和杉树的形状。这与其说是写生,不如说是记载着他的灵魂兀自奔赴的情感的痕迹。

### 八、梵高的最后时光

1890年1月,在"二十世纪之会"上展出的《红色葡萄园》第一次被卖出去了。这是梵高生前卖出去的唯一的画。

我曾经登上奥维尔镇的山丘,站在本书的插画《有乌鸦的麦田》所画的麦田前。风和日丽,涨大的麦穗随着微风轻轻摆动。假如我要来画这片麦田,那么眼前是一望无际的麦穗,远处还是无边无际的麦穗,就像从侧面观察刷子一样多的麦穗排列着,到底要怎么画,还真不知道。虽然可以拍照片,但恐怕也拍不出什么出色的片子来。但是梵高却用麦穗把画面填满了。啊,原来画是这样的啊,我又一次回归到初心的起点了。

无数的黄色的笔触,交错成随风舞动的麦穗。发红的野草的小路,天空是浓郁的蓝色,碎片云飞动着,这真是一副乱样子。从远处如泉水般涌出的乌鸦,朝着这边飞来。除了梵高之外,谁也画不

梵高
《红色葡萄园》
1888年,莫斯科普希金博物馆

出这幅《有乌鸦的麦田》。就在这片麦田的山丘上，1890年7月27日，他用手枪击中了自己的胸膛。

梵高，自杀了。

提奥闻此噩耗，急忙赶来，抱住他那可怜的兄长泪流满面。两天后的7月29日，梵高终于撒手人寰，年仅37岁。自那以后只过了不到半年，1891年的1月，弟弟提奥也匆匆去世了。他们内心深处的阴影，谁也无法知晓，但是他们的人生里有画相伴，我相信绝对不是不幸的。即便两人身在异地，但永远心心相印。两人的墓，在奥维尔山丘的墓地上并排着。

我36岁的时候，美元终于解禁，1美元等于360日元（1961年）。我第一次去了欧洲旅行。在巴黎四处观光后有点疲倦的夜晚，我看了看地图。那时候没有旅行指南，就算有，我不懂法语也看不了。我就拿尺子一边量地图一边看，把地图中的街道一个不漏地调查一番。我记得梵高是住在一个叫奥维尔的地方。地图调查的结果，我发现在巴黎北郊附近有个叫Louvers的地方。我一阵狂喜，这时候友人川村浩章正好回酒店，我就问他去不去梵高的小镇？他也十分高兴，于是我们把那个车站名的拼写仔细地写在纸上，前往圣·东尼车站，买了车票，向着梦幻的奥维尔镇前进。

下了车，来到一片类似工厂的地方。车站工作人员也不懂我为什么要画《耳朵上扎绷带叼烟斗的自画像》和《向日葵》之类的画给他看。幸运的是，一位懂英语的贵妇人正好经过，告诉我们说："你们要回到圣·东尼，去圣·维安·罗摩内，然后去第四站的奥维尔·休·瓦兹就行了。"为了旅行临时上过法语课的川村浩章说："法语里有时会加上Le或La。"我在调查地图时，把L看漏了。奥维尔写作Auvers，奥维尔·休·瓦兹的意思是"沿着瓦兹河的小镇奥维尔"。现在不仅有导游书，还有观光巴士了。

那里是梵高度过最后时光的地方。梵高的住所、所画的教堂、所站过的土丘，我们都一一拜访了。虽然知道土丘上的墓地里有梵高的墓，却不知道具体在哪儿。难得来到墓地，却不知道梵高墓在哪里，太阳也开始西沉的时候，看到了一块镶着珐琅的招牌。川村不慌不忙地拿出词典，把上面几乎所有的文字从词典里找出来，顺畅地解读道：沿着围墙走，门和门之间的就是梵高墓。

我们站在梵高墓前，向这位天才画家报告："我们是远道从您一直想去的国家日本而来。"我的眼泪几乎要溢出来了。

喜欢画的人，请一定读读《梵高的信（上中下）》这本书。

"天才的山峰越高，悲哀的山谷越深。"调查了多位天才数学家的藤原正彦[49]如是说。对于梵高来说，悲哀的山谷越深，他天才的高峰就越加耸立。

# 印象派的遗产

梵高所处的时代，印象派的出现是相当革新的，而印象派运动所留下的意义是什么呢？让我们与以前的时期，比如说勃鲁盖尔的时代对照着来看看吧。

1.首先，画面变得明亮了，这是受到了科学研究色彩的影响。写生就应该在太阳底下——这一点现在看来是理所当然，在当时却具有革新的意味。关于外光派、紫派、点描派，正如之前所述。

梵高在大风的日子里，仍旧追寻着外界的自然光带着画布来到野外，打下桩子支起画布来作画。

这里顺便再说一下以紫色代替黑色来画影子的事，看来任意地限制颜料的数量，也能作画呢。而且，这与之前的自己的色彩不同，不是因为别的，而是一种实验性的尝试。紫派作为一段时期的事物，包括点描在内，这样的手法（技术）在印象派的运动中被认可，虽然具有积极意义，但是这并非印象派运动本身。

2.比如说，莫奈的画与之前的画，在颜料涂抹上、笔触上，是大相径庭的。鲁奥[50]的作品则是笔触反复涂抹的代表。过去的画，让人感觉不到颜料的存在。所以让人不知道这是怎么画出来的，与其说是人画出来的，不如感慨说是自然地生长出来的。所画的内容和主题，以及是谁画的，也不被特别关心。

在这一点上，让人体会到颜料的存在感，是很大的不同。颜料和画布虽然古今相同，要用难以理解的话说起来，颜料和画布虽然是它们本身，颜料却又不是颜料，而是画。

或者可以这么理解：苹果或桌子之类的，是同一层次的"画"。

那么，在那里画些什么，就是次要的事了。

比如说，为了写生而去阿尔勒，并不是"去画阿尔勒"，而是"在阿尔勒作画"。主体是作画的人，不是被画的对象。画是主观的、个性的，这是通往现代绘画之路的开端。

3.我想，浮世绘对此时期绘画的影响，可能比我之前想象的还要大。以浮世绘为素材的画有很多例子。特别是梵高，他堪与马可·波罗比肩。他曾写道，因为把日本当作理想的美之国度，所以才来到了阿尔勒。

是不是因为浮世绘中的线和面的表现手法，在当时的西欧没有，所以画家们才对此抱有兴趣呢？印象派时代尤其如此，画坛对于浮世绘的关心特别高涨。

浮世绘在海外受到如此关注，那么在日本国内本应该也受到注目，但实际上影响并不大。以反向文化输入的形式再看浮世绘，真是令人难以释然啊。

以印象派时代的西欧的眼光来看，在技术上已经攀向顶点。受到照片的刺激、灵感迸发却不知道怎么办的画家们，看到浮世绘这种与他们的画画方式完全不同的作品，颇感震惊。因此他们认可了浮世绘，并觉得它是前卫的。受到西欧画家好评的浮世绘在日本国内却算不上前卫艺术，站在日本来思考，还真是令人介怀。

4.根据梵高的分类，印象派画家分为走红的和不红的。莫奈、西斯莱、雷诺阿、德加等人当时已经走红，而伯纳德、高更、劳特累克的画却卖不出去。高更稍微能卖出去几幅。劳特累克出身贵族，就算卖不出去，金钱方面应该也没有不自由的。不知道别的时代的情况，当时的画家们都是很贫穷的。就算是莫奈，也有过借不到钱、半年间都没画画的穷日子。这也难怪，那不是能卖出去画的时代啊。通过梵高来看，大家好像都很穷。这似乎是印象派时代的特色，为了画画，必须准备好收入，否则就会给别人添麻烦了。

后来划时代的塞尚出生在有钱人家，但是与双亲的关系却不好；高更也是穷困潦倒。这些人都是自学成才。梵高自己没钱，还去了阿尔勒，是因为弟弟给他送钱了。弟弟从来没有要求他还钱，梵高却抱着要是还不了钱就去死的决心，不断地作画。梵高的学画经历，就像是用弟弟的钱，去一流的艺术大学留学了似的。

5.我们听过"洛可可时代""文艺复兴样式"这样的词汇。或者说，与战争、生病、披头士引起的大事件等类似，最初是"没什么了不起的"，之后是"稍微轻视了"，然后就成为了风靡一时的事物，最后又归于沉静。从这个经过来看，可以总结出"起承转合"的流向。

"起"：如果没有后来的发展，就像几乎不被人注意的萌芽、雨点；"承"：多少开始有了些存在感，从山涧流向河川；"转"：大规模的人开始关注，成为天下皆知的大河；"合"：奔流出海,大河也成为过去的历史。

像这样,事物发展、完结,之后再回过头去看,起承转合融为一体,被认可、被称为"某某时代"。印象派的消长也不例外,也是经历了像这样的过程后得到认可。在进行的途中,如果知道未来会怎样,可能就不会这么辛劳,但未来就是无法提前预知啊。

说点闲话。正冈子规[50]在31岁的时候,写过一本《写给咏歌人》(岩波文库)的书,在书里写道"如果我会画画,就不写什么俳句了"(《等饭的时候》)。他能这么直言不讳,我心想"真是说得好",在书中有与前述的"转"相关的见解,在此引用:

定家[51]这个人实在是不好说造诣深厚或是浅薄,若是谈论古今和歌的话,他也是有诸如"放眼环望处,春花红叶无"[52]之类的作品为人熟知的。若将定家与狩野派的画家作对比,或许他与探幽[53]最相近。定家与探幽都没有称得上是杰作的作品,但两人在各自的领域都有十分深厚的修养,在任何场合都能应对自如。两人的名声地位也可谓旗鼓相当。定家之后产生了诗歌的门派,探幽之后形成了绘画的门派。两家也正是在门派成立后均开始走向下坡。门派成立后的两家,无论如何磨炼其技艺,在诗歌与绘画的品格和层次上都是毫无进步的。

且不论"定家和探幽在各自的领域都有十分深厚的修养,在任何场合都能应对自如",通过上述的见解,可以看出自有了门派之后,事情就临近终结了——这说法可以当作警句来看。不论何事,都不存在永恒不变的东西,这就是自然的变迁——我最近经常这么想。

因为印象派得以充分地发展,所以在"合"到来的时候,下一个新的萌芽已经开始产生。

最近的电视文化,加速了起承转合的速度,我想比起自然的过程,更像是在演出人工制作的变化。这究竟是好是坏呢?

**注释**

1 岩仓具视（1825—1883），日本政治家，对日本皇室有很大的影响力，也影响了明治维新的发展。

2 福泽谕吉（1835—1901），日本明治时期的著名思想家，教育家，东京学士会院的首任院长。

3 安东尼·丰塔内西，意大利著名画家，作品充满诗意的自然主义画风，曾指导日本油画家浅井忠，后浅井忠继承丰塔内西的风格，在近代画坛上首屈一指。

4 拉古萨，意大利雕塑家。

5 1876年（明治九年），日本设立工部大学校附属"工部美术学校"，雇用外国人实施欧式教育，但是在1883年被废止。

6 乔治·修拉（Georges Seurat，1859—1891），法国后印象主义画家。

7 亨利·卢梭（Henri Theodore Rousseau，1844—1910），法国卓有成就的伟大画家。

8 狩野芳崖（1828—1888），日本画家，有"近代日本画之父"的称誉。

9 大槻文彦（1847—1928），本名清复，通称复三郎，号复轩，日本明治时期的史地学家、国语学者。他编纂的4卷本《言海》为日本近代第一部现代意义上的语文词典。

10 纳达尔（Nadar，1820—1910），法国早期摄影家、画家、作家、热气球驾驶者。

11 当肉眼不能判定哪一匹马第一个到达终点时，用照片来确认谁先谁后。这样的照片定格了赛马冲刺的瞬间，非常有动感。

12 埃德加·德加（Edgar Degas，1834—1917），印象派著名画家，19世纪晚期现代艺术的大师之一，他最著名的绘画题材包括芭蕾舞演员和其他女性以及赛马。

13 莫里斯·郁特里罗（Maurice Utrillo，1883—1955），法国风景画家，作品有《旧巴黎蒙马特区》《雷诺阿的花园》等。

14 诺曼·洛克维尔（Norman Rockwell，1894—1978），美国20世纪重要的画家，其作品横跨商业宣传和爱国宣传领域。

15 野田弘志（1936—），日本写实画家。

16 安德烈·怀斯（1917—2009），美国20世纪最伟大的画家之一，美国超级写实主义绘画的代表人物。

17 牧野富太郎（1862—1957），日本植物学分类之父。

18 雅克·路易·大卫（Jacques-Louis David，1748—1825），法国著名画家，新古典主义画派的奠基人。

19 让·奥古斯特·多米尼克·安格尔（Jean-Auguste Dominique Ingres，1780—1867），出生于法国蒙托邦，新古典主义画家，美学理论家和教育家。

20 爱德华·马奈（Édouard Manet，1832—1883），生于法国巴黎，是19世纪印象主义的奠基人之一。

21 卡米耶·毕沙罗（Camille Pissarro，1830—1903），法国印象派大师，在印象派诸位大师中，毕沙罗是唯一一个参加了印象派所有8次展览的画家，最坚定的印象派艺术大师，有印象派"米勒"之称。

22 艾尔弗雷德·西斯莱（1839—1899），法国印象派风景画家。

23 克劳德·莫奈（Claude Monet，1840—1926），法国画家，被誉为"印象派领导者"，是印象派代表人物和创始人之一。

24 保罗·塞尚（Paul Cézanne，1839—1906），法国著名画家，后期印象派的主将。

25 皮耶尔·奥古斯特·雷诺阿（Pierre-Auguste Renoir，1841—1919），法国印象画派的著名画家、雕刻家。

26 原田直次郎（1863—1899），日本画家。

27 浅井忠（1856—1907），日本画家，1900年留学法国，长期是关西美术界的中心人物。

28 小山正太郎（1857—1916），日本画家。

29 松冈寿（1862—1943），日本画家。

30 山本芳翠（1850—1906），日本画家，1878年留法。

31 川村清雄（1852—1934），日本画家，1870年留意、法。

32 黑田清辉（1866—1924）日本画家，1884年赴巴黎留学。在日本明治时期画坛上颇有影响。

33 儿岛虎次郎（1881—1929），日本画家。

34 图卢兹·劳特累克（1864—1901），出生于法国阿尔比的一个世袭贵族家庭，法国后印象派画家。

35 埃米尔·伯纳德（Emile Bernard, 1868—1941），法国著名后印象派画家、点描画派画家和作家。

36 保罗·高更（Paul Gauguin, 1848—1903）法国后印象派画家、雕塑家，与梵高、塞尚并称为后印象派三大巨匠，对现当代绘画的发展有着非常深远的影响。

37 阿尔勒，法国东南部城市，属普罗旺斯–阿尔卑斯–蓝色海岸大区罗讷河口省。

38 布列塔尼地区是法国西部的一个地区。

39 《梵高传》（*Lust for Life*），是1956年拍摄的美国传记片，一部关于绘画创作的激动人心的影片，表现了著名画家梵高生命中最后67天的非常经历。

40 电影原作是由美国传记作家欧文·斯通（Irving Stone, 1903—1989）所作。

41 查德金（Zadkine, 1890—1967），20世纪初"巴黎画派"的代表性雕塑家，原籍苏俄，于1909年来到巴黎。

42 欧根·德拉克洛瓦（Eugène Delacroix, 1798—1863），法国著名画家，浪漫主义画派的典型代表。

43 迭戈·贝拉斯克斯（1599—1660），文艺复兴后期西班牙最伟大的画家。

44　铃木庆则（1922—　），日本画家。

45　塞尔吉-蓬图瓦兹是法国的一个城市，跨越了瓦兹河谷省和伊夫林省，坐落在巴黎西北部的瓦兹河畔。

46　大冈信（1931—2017），日本"第二次战后派"的代表诗人、评论家。

47　河上肇（1879—1946），日本经济学家，日本马克思主义研究的先驱者。京都帝国大学教授。

48　藤原正彦（1943—　），日本数学家，御茶水女子大学名誉教授。

49　乔治·鲁奥（Georges Rouault，1871—1958），法国画家，20世纪野兽派的主要代表画家之一，也是法国表现主义代表画家，被称为"继伦勃朗之后最伟大的宗教画家"。

50　正冈子规（1867—1902），日本明治时代歌人，俳句诗人。

51　藤原定家（1162—1241），镰仓前期歌人。年轻时即表现出和歌的天赋，参与编撰《新古今和歌集》，收录了各种古今歌风。

52　狩野探幽（1602—1674），日本京都人，原名守信，狩野永德之孙，孝信长子，狩野派代表画家。

4
/
稚拙画派——
业余画家的骄傲

奈良县明日香村

## 画作的好坏，不以画家的专业或业余为考量

"我生来就喜欢画画。等有空了，我就正式开始画。"——这么想的人，我想请您先了解一下"稚拙画派"。

我先说说老电影《血红街道》（1945年），之前曾在电视上看过。要说为什么看，那是因为主演是我喜欢的爱德华·G.罗宾逊（1973年去世），一位50出头的男演员。我完全不知道内容，只是冲着罗宾逊去看的。因为他是老演员了，现在知道的人可能不多，他是可以不化妆而把黑社会头子、酗酒的医生等角色出神入化地演出来的名演员。顺便一提，他也因收藏名画而闻名。

在《血红街道》中，他饰演一位50多岁的银行出纳。一天傍晚，他遇见一个殴打女人的醉汉，于是他打倒醉汉，救出了那个女人。罗宾逊不知道这女人是妓女，一味地迷上了她。醉汉是女人的姘头，就算打了她，女人也离不开他。女人和姘头合谋，想要卷走罗宾逊的钱财。

罗宾逊给女人花了不少钱，因为虚荣，他没有告诉女人自己的职业，而谎称自己是画家。因为是外行，所以只要有空闲，他就画

画。在和女人初次相遇的夜晚,女人一时高兴送了他玫瑰,罗宾逊画下了这些玫瑰花。这幅画相当不错,是连亨利·卢梭也会吃惊的风格。女人问他:"画画的时候,你是什么心情?"罗宾逊回答说:"剪不断、理还乱,就像坠入情网。画画的时候,就像在把情感的丝线一缕一缕吐出来似的。"他是在毫不掩饰地吐露自己恋爱的心情,但是这可以说与绘画的心情是相似的。我在遇见好的风景时,也有在相亲的感觉呐。

为了进一步欺骗罗宾逊,姘头让女人租了房子,女人引诱罗宾逊来和她同住。闯空门的姘头不懂画,带走了罗宾逊的两幅作品,拿到街上去卖。画商看到这两幅画,马上出高价收买,然后立刻来到街上找寻作画的人。一般的电影里很少能看到真的画,但是这部电影里出现了很多幅作品,而且都是不错的画。我刚抬起的屁股又重新坐下来了。

姘头对画商说"是那个女人画的",于是妓女突然之间成了人气画家。要是知道自己的画能卖这么多钱,给女人花掉的钱应该很快能赚回来,但是什么也不知道的罗宾逊把手伸向了银行的金库。最后,他当然知道了自己被骗的事实——我就此打住,不再剧透了。

他自认为是业余画手,但是,他的画却是极好的。

# 皮罗斯马尼[1]和"一百万朵玫瑰花"

格鲁吉亚共和国的《皮罗斯马尼》（1969年），是一部以实际存在的画家为主题的电影。加藤登纪子的歌《一百万朵玫瑰》，就来自于电影的主人公皮罗斯马尼向心爱的女演员献花的故事。皮罗斯马尼虽然是个画家，却不能以此为生，他在荒地上的小房子里卖牛奶。他画了两幅招牌，挂在入口的两侧，一幅是白底黑牛，一幅是黑底白牛。说实话，他画得不怎么样，既像小孩子画的，又和小孩子的不一样。到底是怎么样也不好说，但就是谁都画不出来的难看。像他那样满幅透出"我是老好人"气息的画、我从来没见过。

一天，一位路过的意大利画家问皮罗斯马尼，能不能把招牌卖给他，皮罗斯马尼平静地卖了。我曾想着去一趟格鲁吉亚，想着如果去的话，不知道能不能便宜地买入皮罗斯马尼的画？想去格鲁吉亚只为便宜买画，这种不纯的动机已经打消了。现在可很难入手了。本来卖不出去画的皮罗斯马尼好像就要登上画坛的舞台了，然而最后还是过着不幸的生活。虽然卖了几幅画，也是刚刚够自己糊

皮罗斯马尼
《保尔尼西的圣格奥尔基的节日》
第比利斯格鲁吉亚国家美术馆

口。最后,他孤零零地死去了。

高加索山脉以南的格鲁吉亚共和国首都第比利斯,是斯大林出生的地方。这部电影由格奥尔基·申格拉亚执导,电影的色彩和画面充满了皮罗斯马尼画的气氛,真是一部不可思议的电影。前些年我有机会看了十几部格鲁吉亚的电影,与之前看的欧美电影不同,具有很深的意味。我最近知道在网络上搜索,可以找到电影的视频,那么电影的细节我就不详谈了。有兴趣的话,请一定看看。

# 人生没有太晚的开始

日本有一位丸木苏麻婆婆,是画原子弹爆发图的丸木位里的母亲。她在晚年开始画画,并受到瞩目。美国也有一位摩西奶奶,在上了年纪后还出版画集,现在在美术馆还能看到。

30年前,我偶然经过东京日暮里一家名"冠"的杂货店,被那里的手绘招牌吸引,于是进门请店主许可我拍照。那位店主说他从小就很喜欢画,"一直自学画画"。他还给我看了他的作品,其中《某位大师的参拜纪念》和《常磐线》两幅给我留下了深刻印象。那是在成人的画里罕见的作品。店主说:"这是为纪念明治一百年而画的。过去的常磐线就像这画里一样,火车在一面绿色的田里飞驰。"关于这位店主,我还在《画的迷路》(朝日新闻社)里提到过。我的心是真的被他"明治百年纪念"的话给戳到了。然后想想,我再走几步就是东京艺术大学了,这虽然是偶然,也是很有趣的。在那之后,我曾试着找过他。那附近有很多姓"冠"的人,在电话本里也找不到,于是放弃了。诗人岸田衿子的家就在附近,她也去看过那个招牌。

澳大利亚有位艾米丽婆婆,是一位受欢迎的画家。我曾经看过NHK教育电视台的《星期日美术馆》,那是一个有趣又引人深思的节目。艾米丽是澳大利亚的原住民，因为擅长画画而出名，还得到了澳大利亚国家颁发的奖状。

为了在节目中现场作画，她从遥远的澳大利亚来到日本。画布在地面上铺开，旁边放着一些装在玻璃壶里的塑料颜料和笔。她一点也不拘束，反手拿笔（就像手持锥子要割开冰面似的），突然之间把笔伸进壶里，蘸上褐色颜料；接着把笔伸进白色颜料的壶里，用蘸着白色和褐色两种颜料的笔，用力在画布上点起来，仿佛要把画布开个洞似的。笔迹原生态的形状扩大开来，当她离开画布，笔尖的颜料枯竭时，不可思议地出现了褐色和白色的花朵。艾米丽婆婆不断地点着，随着画笔的挥洒，画布上开满了鲜花。

我很吃惊。我从没见过反手拿笔、仿佛打桩似的绘画手法。艾米丽婆婆一个接一个地点着画，画布被花朵盖满方才停笔。她独特的手法成就了独特的画，因颜色的改变，花朵有粉色、绿色、蓝色，画出了很多作品。

这是否能称为艺术，的确值得探讨。这理应被认为是现代艺术实验性表现尝试的一种，至少在这一点上意见应该是一致的。

而另一方面，也有人主张现代艺术应该取决于是否有创造性。那么，就容易变成："通过偶然地点颜料而画出花来盖满画面，可以认为是艺术作品（因为最初会使所有人惊讶），但只有第一次。之后再用同样的手法，只是变换颜色的话，就不新鲜了。虽然不是要挑剔画家反复（自己模仿自己），但总是重复老一套，就不能怪别人觉得陈腐了。"

音乐和戏剧虽然也是重复同样的东西，带有自我模仿的性质，但它们是在时间流逝中组合的作品。所以，无论重复几次，也不能说是自我模仿。

## 稚拙派的天使——亨利·卢梭

这里就不得不提起亨利·卢梭了。我想大概也有人不知道这个名字的,就在这里简单介绍一下。卢梭在1871年进入巴黎市税管局工作,在快三十岁时开始出于兴趣画画。在1886年以后,他都会定期参展美术会展。他描绘过把画搬入展览会的场景:就像是海报一样,画上画着飞翔在空中、吹着喇叭的天使。现在看来真是出色的杰作,当时却不被认可,他本人虽然一再声称"我所画的都是事实",但因为其风格充满幻想,总是令人不由得发笑。他直到退休都过着清贫的日子,直到最后几年才慢慢好一些。他这一生虽然与金钱无缘,但是能够完成这么美妙的作品,就算被人说是业余的笨蛋,我想也是足够幸福了吧。

如果要说卢梭是业余选手,但从他画面的手感,颜料的涂抹情况来看,绝对不能说是外行。颜料的涂抹情况是指,从物理上说,颜料是不是好好地附着在画布上,使用的色调是不是没有破绽,是不是让人感觉不到颜料的涂抹痕迹。

以亨利·卢梭为代表的画家们,包含在这一章举例的其他人,他们的画风被称为"稚拙派"。卢梭和排名第二的代表之间实在差距太大,说是"画派",却并没有形成派系。或许从失去了稚拙感的专业画家的角度来看,他的画风别人似乎能画,又似乎画不了,与其说尊崇,不如说带有歧视异类的爱恨交加感吧。

因此很难说卢梭是"稚拙派"的一人,我对此叫法抱有疑问。要把这些画家的作品以"派"来统一概括,似乎会让人误解他们是有意识地结成一体。

# 稚拙派的骄傲

被称为"稚拙派"的画家,出身虽然各不相同,但是却有不可思议的共同点。

我试着想象一下那个不同点是什么。这大概是属于心理学的范畴,我的说法可没有什么根据哦。

人类从遥远的石器时代开始,因为不同的癖好而可以分为两类:一类是偏向理性思考的,一类是充满梦幻的。我想大概是有这么两类人吧。实际上并不能以简单的标准来分类,比如说用"理科系""文科系"来分类的话,就觉得不太对了。总之按这种标准分类,并不是说一个人从理科大学毕业后就一定能有科学的思想,反之亦然。这有很多实例。所以,只能说是人的癖好。

我听说过人类可以分为视觉型和触觉型。这也是一种癖好吧。当时代的美术审美倾向于写实时,对视觉型的人有利,因为他们在石膏素描等练习上颇有成绩。但是,这类人可能受限于表面所见的,与此相比,触觉型的人因为不擅长观察,很少被认为是善于画画。但是,他们能够从多方面感知事物。这是心理学方面的知识了,我只是附加一些自己的想象罢了。

所以有些人尽管喜欢画画，但因为所画的作品不写实而得不到认同。而且他们本来也不是拿自己与别人攀比的类型，或者还没有发觉到自己喜欢绘画的天性，或者因为环境和其他的各类事情，一点儿都没学过画画。有一天，当他开始画画，就像突然从美术史中的古代穿越来似的。他们的才华以前可能是被无视了，但最终得到了世人的欣赏，就像皮罗斯马尼和卢梭一样，都是经过了信仰写实的时代到达现代才被人欣赏的。

那个有名的郁特里罗也被归为稚拙派，真是不可思议。他留下许多描绘蒙马特风景的、充满魅力的作品。曾经为了治好他的酒精中毒，郁特里罗的母亲给了他蒙马特的照片，让他照着画。这应该是真的。要是说"什么啊，原来那是照着照片画的啊"，恐怕只剩下嫉妒了吧。一般来说，要是对着照片画，基本上画不出像样的画，只能画出像照片一样的东西。郁特里罗却能画出好画，与其说是修炼得来，不如说是天性使然。他通过自学，留下了许多优秀作品，还获得了荣誉社团会员勋章。

我想在被称为"稚拙派"的作品中，一定有着什么共同点。

1.让人感到"诚实"。在专业画家作品中常见的运笔、专业感在稚拙派的作品中却很少见，这样反而让人产生好感。这并非故意画得拙劣。惺惺作态的画，一看就能明白。反正也画不好，就故意画得不好吧——这样的例子确实有，这种画只是令人恶心罢了。像这种的不能算是稚拙派。

2.不与别人竞争，不与别人攀比。就算是战斗，对象也是自己。像高尔夫和钓鱼那样，就算与别的什么比较，也不会给别人添麻烦。为了画画，要在颜料、交通等方面花钱，但要是这笔花费能够成为别人的利润，就不算是添麻烦。也许家人会有不满，但也不会花费巨款，总比把家里搞得乌烟瘴气要好。

3.自由，不模仿专业画家，不论画得好坏都珍惜自己的风格。而专业画家中还有模仿其他画家的呢。画画而不模仿别人，值得表扬。有相似之处，有共同点，那是没办法的。特别是稚拙派的作品，我想是有彼此的共同点的。

这里所说的"专业画家"，是指以画画为职业的人，与此相反，业余画家并不以画画为职业。要是从这个定义来看，卖不出去画的梵高就不算专业画家了。

这个区别是挺难的。这里不关乎擅长不擅长、画得是好是坏，也无关世间的评论，就算清贫，只要能靠画画活下去，就是专业画家。以画画为职业，当然理应画出好画，但是对画的评价是来自各种各样的人，画得好而不被买账的例子可不少。据说古斯塔夫·莫罗[2]也有卖不出去画的时候。只靠指导学生就能维持生活，卖不出去也无所谓。所以"专业画家比业余画家画得好"这种说法不成立。

棒球选手也是如此。业余棒球手第二天就成为职业球手的例子屡见不鲜。但是，围棋、将棋的职业选手和业余选手之间的差距是很大的。专业围棋手从小时候就牺牲了玩耍的时间、刻苦练习，业余选手可达不到那个水平。

4.没有世间的束缚，一个人自画自乐，不给任何人添麻烦，活在自由的世界里。这是值得特别一写的，因为专业画家很难做到只顾自己毫无顾虑地作画，总是必然处在什么样的束缚之下。

5.不追求特别的荣誉，只要画画本身就能满足。这对于那些想靠画画出人头地的人来说，是很难做到的。朋友说过："因为喜欢而画，不知不觉画出花。为了画展而画，就是地狱的开始。"

我曾经在外国的街角写生。西方很少有在街上聚集很多人的情况，不过有时候也有人站着不走地看我，这时候我就不知道怎么办了。有一次，我对自己施以催眠术："我画得不好，我只是因为喜欢才画的。"就这样，我居然能够开心地继续画了。靠着这个自己催眠自己的诀窍，我到哪里都能安心画画了。

6.之前我写过"必须要有客观地看待自己作品的能力"。这与稚拙派的绘画有一些矛盾之处。即便如此也无所谓。但必须要有"想要成长的话，还是应该继续接受考验"的客观想法。

以上不仅仅是稚拙派的问题。稚拙派的画，对于以专业画家自居的人来说，从某种意义上也是他山之石。对于喜欢画、想开始画画的人来说，也是一种参考吧。

亨利·卢梭认为自己的画是"写实的"。毕竟，他是用尺子量着模特的人体来作画的。想一想的话，这里关于卢梭口中的"写实"，有一种"原来如此"的感觉呢。

比如让卢梭和写实派巨匠安格尔画同一个模特。安格尔是视觉型，而卢梭是触觉型。最终结果，两人的作品一定大相径庭。不过把两人的画比较看看，就能明白他们之间存在着关联。

两人的作品中都有"脸"，都有"眼睛"，都有"脚"。像这样对应，就像数学中的"一一对应"那样，两人作品的区别就没有了。要让卢梭说的话，那就是"我的画是写实的，哪里不同了？！"。

如果把安格尔的画换作风景，来与卢梭的作品比较，用语言做一些解释的话，卢梭的作品也是写实的。不仅仅是风景，想象的世界也是如此。

**注释**

1 尼科·皮罗斯马尼(1862—1918),格鲁吉亚原始主义画家。

2 古斯塔夫·莫罗(Gustave Moreau,1826—1898),法国象征主义画家,作品多以神话和圣经故事为题材,以其明亮的色彩效果和充满梦幻的激情著称,大多数作品都收藏在家乡巴黎的古斯塔夫·莫罗博物馆。

5
/
欣赏抽象画
的眼光

巴黎，圣米耶

# 抽象画里也有写实的力量

以梵高举例，他并不是从一开始就想着要画那样的作品，而是为了画好写实风格而练习素描。那时候的人们绝不会想到，与之前的传统对立的、充满解放感的印象主义时代就要到来，所以依旧是兢兢业业地练习写实画风。

印象派之后，写实派的紧箍咒掉了，画坛第一次开始接受非写实派画风，但也并非都是如此。比如艺术大学的入学考试中，一定会有石膏素描，因为写实是一定要有的基础。即便现代绘画大行其道，素描也是基础——这样的想法是占主流的。学校毕竟是特别的训练场所。

人们常说"即便是那个毕加索（也会画素描）"。毕加索虽然画那么抽象的画，但他原本是写实时代的人，所以人们才信任他。如果只会画一些不知所云的东西，人们可没办法相信他。几乎所有的人，都这么认为。这就是素描力量存在的证明。

但是，为了要证明自己的画作而去画写实画，不免显得不单纯了。有的画家并不是为了证明什么，但展出的作品是抽象派，工作

蒙德里安
《夜:红色的树》
1909年,荷兰海牙市立美术馆

蒙德里安
《开花的苹果树》
1912年,荷兰海牙市立美术馆

中画的插图又是写实派。我也曾经历过这样的时期。

蒙德里安曾经画过一系列关于树木的作品，展示了从具象到抽象的变化过程。蒙德里安最初是画写实画的，但是终于转变成了以直线来分割画面、极具抽象性的画风，对建筑、设计方面也影响颇大。这种抽象形态就像那一系列树木作品一样，"一开始是具象的，后来渐渐变化为抽象的造型"。这样的情况也有，但抽象画并不是都是这样的。我想，只要最终的作品好，那么这些都不是问题，不需要证明画风转变的过程。

这个时期，电脑绘图也成为作画手段之一。有的作品为了展示从具象到抽象的变化，把像素的粒子放大，将普通图画变成点描画派的风格，进一步，把画面变成巨大的方形，等等。蒙特里安与数学家交流之后，孕育了抽象的作品，而电脑绘图是机械的，能很容易地画出图形。于是有人质疑，这样的画，制作者的感性是不是就被机械所支配，这样表现出来的东西是否值得被接受呢？此外，我还觉得抽象画风也进入了一般的设计领域。

前卫书法的做法，可能有助于我们理解抽象绘画。一般会有这样的疑问：因为是文字，要是不能看懂的话不就没意义了吗？写出那样看不太懂的字的人，其实也能写出古典的字来。

那时候出名的石川九阳，虽然是现代书法家，却也能写出让人看得懂的字。但是因为画面的构成十分独特，所以可能让人觉得有点怪异。小林龙峰、鹈饲寒镜这两位前卫书法家，也能写正统的字。

我以前曾去过一位书法家的工作室玩，书法家一边说"我呢，不这么写的话就吃不上饭呀"，一边写下了端端正正的楷体字。那可是不容易的工作。为什么呢？他要一点一点把长卷布展开，在那上面写字，和以前写着巴士停靠站的布一样，通过不断地卷动，写在上面的车站名字就会依次显现。要是错了一个字，就全部作废。他不打草稿，一个接一个地写字，果然是书法家啊。

有人会认为这是招牌店的工作，但各自负责的工作不一样。招牌店承包了招牌之后，决定好放招牌的地方，做好写字的准备工作，就去请书法家过来写字。"要是不用车子去接、不称呼他们为'老师'的话，书法家们可不来喔"，有招牌店老板这么说。澡堂子烟囱上的字，是把书法家写的字放大之后，让打工的学生写上去的。

我问前卫书法家为什么要写这样的字，他回答："普通书法家的工作归根结底，是以中国古典文字为模本来写的，没有创造性，所以我们不去单纯地模仿，而是要做能体现自己努力的工作。"虽说如此，但前卫书法家的作品，可没有传统书法家的好卖。

毕加索
《格尔尼卡》
1937年，马德里索菲亚王妃国立美术馆

# 抽象画的艺术价值

说起抽象画，就一定要提到毕加索的《格尔尼卡》。众所周知，西班牙巴斯克地方有个叫格尔尼卡的小镇。我曾因公去过那里两次。1936年西班牙内战开始。1937年发生了卢沟桥事变。此时德国空军对格尔尼卡实施了无差别轰炸，造成众多平民伤亡。据称是人类史上第一次的空袭。毕加索为巴黎万国博览会而作了这幅《格尔尼卡》，也成为其代表作。之后这幅画被纽约近代美术馆收藏，现在又回到了西班牙，藏于马德里的美术馆。《格尔尼卡》虽然是充斥着牛头马面的地狱图景，但因为是用黑白作表现，所以并非满是血污，可以让人静下心来看。

我把这段历史背景先放一边，只从其出色的绘画构成来看，不得不充满感动地说，"啊，这就是伟大的代表作啊"。原本，那时候可能有"与其他知名的画作形成对峙"的先入感的影响。也因为需要在电视节目里做解说，所以好好地看了画。

把作品的草稿部分——马、牛和人物的速写——放在一起来看的话，虽然会觉得这只可能是小孩子画的，但其中却有令人吃惊的深意。

《格尔尼卡》虽然是抽象画，但是与蒙德里安比起来，还是能看懂的。换句话说，毕加索处在写实作品风行的时代，但他还是完成了这样的作品。像毕加索这样的人，没有继承写实的画风，我想，这就像一个人完成了一个新的论文课题而毕业的感觉吧。还有，写实画在当时，有很多能画的人；而毕加索是不是想进入一个没有敌手、前人未曾踏入过的世界呢？

这虽然是很多画家的志向，但另一方面，也是大冒险。作为此方面的先驱者，毕加索是相当伟大的。虽然说"他到达了另一个世界"，但是也有人提出疑问：画出抽象画的画家，能够画出专业的、外行人画不出的写实画吗？不会画写实画的外行人，也能够画那些不知所云的抽象画，这也算是艺术吗？要回答这些问题总是很烦人。

这也是个大疑问。具象的画，比如说肖像画，因为有"像不像"这样的一次性评价标准，谁都可以做出一些评论。但是，像蒙德里安那样，只用线和面表现的抽象画，却具有惊人的市场价值，有人觉得这很难有说服力。

# 抽象画里的真伪

以前，有传言说斯特拉迪瓦里小提琴[1]有赝品，引起过一阵骚动。为此，NHK曾做过一个有趣的实验。电视台请来音乐评论家、演奏家等五人，在幕后让江藤俊哉依次演奏五把琴：斯特拉迪瓦里小提琴、日本制的小提琴、小学生练习用的琴，等等，然后让五人来猜演奏的分别是什么琴。你觉得结果会怎么样？

另一个电视节目做了品酒的实验。有意大利产的酒、日本产的酒、法国产酒、美国产酒等五种葡萄酒，请来五个有名的品酒达人，让他们蒙上眼睛来品酒，猜所品的酒是哪一国的。基本上所有人都猜中了五种中的两三种。本想着"果然是品酒达人啊"，但仔细一想，就算不是达人，也应该能蒙对一些。用概率论的眼光来看的话，猜中五个中的一个，比全部都搞错要简单。这么一想，就来计算看看吧。

让五个回答者各自拿一组写着ABCDE的卡片，然后随机摆放。出题者把自己摆放的卡片与回答者摆放的卡片对照，看看在摆放着的五张卡片中，哪张和哪张是相同的。也就是说，回答者不是五个人而是120个人，肯定会有一个人能全部猜中[2]。比如说，出题者按ABCDE的顺序来摆放卡片，可答者按照DBCEA的顺序来摆放，B和C就是一致的，也就是说只有两张卡片是一致的。

总结来说，120个人当中：

5枚全对的1人；只对4枚的0人；只对3枚的10人；只对2枚的20人；只对1枚的45人；全部不对的44人。

在小提琴实验中，有人把小学生练习用的小提琴当成斯特拉迪瓦里琴。我听说在以前，在法国曾经有人把抽象绘画摆在一起，做类似的实验。回答相当混乱，我想也会是那样。

最近，我收到了铃木稔（他原是岩波人）的明信片，内容如下：

"在NHK高清视频放送的《迷宫美术馆》节目里，我看到了一个有趣的实验。节目组展示了四幅抽象画，其中有一幅是专业画家画的，请四位参加者来猜是哪一幅。猜中了波洛克[3]的画的有两个人，我猜错了。剩下的三幅画并不是业余画家画的，而是大象、猩猩、海豚画的。猜错的两个参加者和我选的都是海豚画的画。波洛克的画不知为什么看起来有些小巧和无聊。NHK也真是能干啊。"

保罗·杰克逊·波洛克从高中退学后，去纽约的美术学校学习。他把画布放在地板上，让颜料滴落到上面，画出的作品只能称为抽象派，却受到了注目。然而在40岁时，他突然开始批判抽象画。最后因为车祸而逝世。

顺便一提，某鉴宝电视节目中，出现了"富冈铁斋[4]的画"，关于这幅画的真伪，出现了这样的奇谈："富冈铁斋的耳朵听不见，从那幅画中，观者能听到声音吗？"我不清楚如果是"能听得见声音的画",是不是就能断定为假的。关于绘画和音乐的问题,有一些充满兴味的见解,我就写在这里吧。

冈仓天心[5]自己不会画画,但他作为日本美术院的创立者,培养了横山大观[6]、菱田春草[7](代表作《落叶》在发表时,被评论为披着西洋画皮的"非日本画",画坛之路并不顺利)、下村观山[8]等优秀后辈。观山有一次画好"弹琵琶的天女"的草稿,拿给天心看,天心说"听不见声音",让他重画好几遍。明明是画,怎么能听见声音呢?天心和弟子观山气息相通,不仅是此次,两人之间还有很多禅意问答。观山写信回答老师的提问,还在文末画了一朵莲花。天心说:"这样,就能听见声音了。"

著名的电影《神探科伦坡》中,出现了画家和评论家。因为是电影,所以不用深究。电影里的评论家说"这里没有画空气""这附近的空间处理得不错"之类的言论,让我印象深刻,我不禁想说"你能说说到底要怎么才能画出空气吗"。

无论是多有名的画家所画的,比如马奈的《吹笛少年》,从中也听不到笛子的声音。要这么说的话,几乎全聋的贝多芬又是怎么做出第九交响曲的呢?西班牙画家戈雅在晚年丧失了听觉,却留下了很多名作。听觉困难和绘画之间没有关系,这一点不用多说了。就算是色盲,现在也不是成为画家的阻碍了。

从正冈子规的文章中可知,中村不折[9](他为森鸥外的墓碑题字,因此书法也广受好评。法国留学后,在他的弟子中,有中村彝、万铁五郎等人)在晚年耳朵也不好了。中村不折是西洋画家,而子规最开始尊崇日本画、看低西洋画。不折曾经对他说"富士山和不倒翁很俗气,所以我不画",于是子规心想:"原来如此啊,那我也不咏和歌了,一咏和歌就变俗气了。"子规接受了西洋画后,眼界大开。子规曾写道"日本画是水墨画,用淡墨来画梅花;而西洋画用白色颜料来画梅花"。我在阅读子规的评论之前就应该注意到这个现象,然而并没有。真想让那些为日本画倾倒的法国画家们也知道啊。

# 画的艺术价值和市场价格

如果把一幅画的作者名、创作时期等故事来历给隐去,要判断其纯粹的美术价值,是很难的。这一点不论是具象画还是抽象画,都是一样的。

要评价抽象画,首先不要问它画了什么,而只抱着感性的目光去审视。

比如西班牙画家安东尼·塔皮埃斯的抽象画,互相之间虽然相似,但是却没有完全一样的,非常有创意。

保罗·克利也是如此。已过世的山口长男[10]、我那位只画圆的朋友田中稔之以及李禹焕[11]等,一开始看他们的画或许很难懂,但他们并不是没有主见地随便画些东西。田中稔之曾说自己的作品"卖不出去哦",现在也卖得出去了。"抽象绘画也有期限啊。"我这么想着。画家需要有超强的忍耐力,不停地向大众诉说画的存在价值才行。为此,直到作品被世人认可,需要相当长的时间。

类似地,作品的美术价值和市场价值是不同的。美术价值不能测量,市场价格就是数值本身。事物的价格是由需求和供给决定的，美术作品大概也是这样。这与对作品的评价是不一样的。

广受好评的电视节目《什么都能鉴定》里，虽然专家可以回答行市的价格，可以说"要是这个价格我现在就买了"，可正因为作品的美术价值和市场价格不符，大家不去追究，话题才能进行下去。

美术价值的分量不好测算，看到画的时候与其从其价值评定，不如说就像恋爱一样，根据自己喜不喜欢来评定，才是理想的状态。自己就算不能判定，人们也会觉得"画还是有好坏之分的"，一旦有什么情况，就会发现评价没有科学的测定。我在做自己的个人画展时，因为自己是当事人，能够在心中给展示的作品做出优劣之分。但是，我所想的，和"这幅不错，这幅我喜欢"这样的问题不一样，后者是因人而异的。某画商曾说："所以大部分的人，都能找到各自的结婚对象。"

原来如此，我想。选美比赛和展览会相似，谁是第一美人，从某种程度上是无责任投票，是大家商定的结果。我曾见过某个美国村庄在节日上选拔美人，明眼人都能看出那是在搞选举运动。那场选美包含了选举运动，真是有意思的活动。

但是，结婚并不是选美，而是正式的比赛。从这个意味上说，和买画的心境是相似的。并不是因为人人都说好而买，或许语言表达不恰当，我的经验是，"因为迷上而买"。这不能用理性来判断，所以也无法说明。

有时候去美术馆，朋友开玩笑说："随便哪一幅，现在以一万日元的价格卖给你，你买哪一幅？"这种时候，即便明知道是玩笑，看画的眼光也会随之一变，想着自己"是不是迷上了"，有种丧失了理性的感觉。要是冷静地想，或许应该投资以后一定会涨价的画，但是在美术馆里的作品，基本上都是价格稳定的作品。反正都是做白日梦，也不介意用投资的感觉来选择了。"要是白给你，你要哪一幅？"这种游戏，你也来试一试吧。

  当被人追着问对某画的评价时，是别人推荐的也好，评价很高也好，以这些为标准来评论，是因为对自己看画的眼光没有自信，所以也没办法。要是说"这幅画一定会升值"，是把画当成投机的对象，汲汲于市场价格而说的，这是基于不同立场的判断了。从画之外的东西类推就能明白，市场价格的世界是很严峻的，需要宣传活动和市场推广，这就不是个人的力量能办好的，而是画商的工作了。

  要是成为像毕加索那样举世皆知的画家，就算画了小孩子一般的涂鸦也能卖得出去，但不能羡慕人家。

# 从拉斐尔前派到抽象画的世界

曾有人教大猩猩使用颜料的方法，让它画画。这虽然是动物学的实验，但从美术的眼光来看，从某种意义上来说是有挑战性的。说"有"的人，虽然也会发笑，但把猩猩画的画当成作品来看也未尝不可，只是有说明的必要。勃鲁盖尔或梵高的时代，是绝对没有这类事的。

但是在印象派之中，我想已经有此类的萌芽。一时的短暂性过去之后，经历了达达主义[12]这种饱含深意的艺术运动，于是就有了这样的"有"。

伦敦的泰特美术馆，藏有J.E.米莱斯[13]的代表作《奥菲利亚》，我曾有幸看到。画的是《哈姆雷特》中的奥菲利亚死后浮在河流中的场景，传言夏目漱石的《草枕》从这幅画中获得过灵感。J.E.米莱斯在11岁时就通过了学院考试，可谓天才。之后他结成了"拉斐尔前派"团体（虽然之后他脱离了），所画的作品在每个细微之处都予以精细的描画，真是给人不可思议的感动。

不知何故，我却并不怎么喜欢拉斐尔前派的作品。但是，只有这幅画令我觉得"画这幅画真是太费神了啊",能够把我深深吸引并长时间地欣赏。美术馆的房间里全是拉斐尔前派的作品,开了门,进入下一个房间,就像换了一个世界:突然来到了抽象画的世界。比《奥菲利亚》大两倍、三倍的画悬挂着,房间的变化也让人联想起时代的激变。与这些抽象画比起来,拉斐尔前派的画家真是认真。把房间里的抽象画全部画了,也未必能画出《奥菲利亚》这样的一幅作品,就算是从物理的时间角度来说也是如此。但是,画不仅仅是手上花费的工夫。在房间的一角,让人感受到现代的空气,不得不生发些感慨。

想到科学时代的来临给印象派画风的影响,今天的电脑、电视、汽车、新建筑之类的文明变革更加激进、更加促使社会不断变化。那时,美术的动向也不能置身于变革之外,发生前面所说的过程(起承转合的"起"的部分)也是理所当然的。但是,现在的时代还是前卫时代,它的"承""转"需要时间。

但它并不是"现在与过去不同了,现在是抽象画的时代了"这种充满威势的意思。在美术史的价值观上,添加了新的抽象绘画,它一边试错一边前行,应该认为这是历史变化的状态。

**注释**

1 指著名小提琴制作家安东尼奥·斯特拉迪瓦里（1644—1737）所做的琴。他一生制小提琴约950把，中提琴、大提琴约150把，传至今日有线索可查者约500~800把。各琴皆有别号，价值连城。

2 也可以这么理解：一个回答者手持ABCDE五张卡，出题者也手持ABCDE五张卡。出题者与回答者同时出牌，回答者每次所出的卡片与出题者所出的卡片都一致的概率是：1/5*1/4*1/3*1/2=1/120。

3 杰克逊·波洛克（Jackson Pollock，1912—1956），美国画家，抽象表现主义绘画大师。

4 富冈铁斋（1837—1924），字无倦，日本文人画画家。

5 冈仓天心（1863—1913），日本明治时期著名的美术家，美术评论家，美术教育家，思想家。

6 横山大观（1868—1958），日本著名画家。

7 菱田春草（1874—1911），日本画家。

8 下村观山（1873—1930），日本画家。

9 中村不折（1868—1943），日本美术家兼文物收藏家。

10 山口长男（1902—1983），20世纪最具影响力的日本前卫艺术家之一。

11 李禹焕（1936— ），韩国画家。

12 达达主义艺术运动是1916年至1923年在欧美许多城市兴起的一种虚无主义艺术运动。一战后欧洲一些年轻的艺术家彷徨、失望，他们厌倦战争，在艺术上否定理性和传统文化、崇拜虚无主义的精神产物。其创作方法主要通过照片剪接或与纸片、抹布拼贴，去追求艺术表现的偶然性。法国画家马塞尔·杜尚是达达主义的先驱和领袖。

13 约翰·埃弗里特·米莱斯（John Everett Millais，1829—1896），19世纪英国画家，是拉斐尔前派的三个创始人中年龄最小、才华最高的一位（其他两位是亨特和布朗）。

# 6

## 技巧并非要紧的问题

韩国,通往旌善的小路

# 没有比"喜欢画画"更好的基础了

所谓的"初学者",如我所想,觉得自己画不好的理由是"没有基础",带着谦逊的意思。要是问他们什么是基础,回答多是石膏素描、构图方法之类的。

过去基本上都要求画家会画石膏素描,但是现在也有不会画的。艺术大学出身的人毕竟要过毕业考试这一关,所以应该都会画石膏素描,不过也有说"现在不会画了"的人。这关乎热情,也关乎实力。音乐学部钢琴科的学生常说:"毕业演出就是能力顶点了,之后弹得竟是越来越差。"还有人一下跳过了两个八度音。这个时候,为了能够不看键盘也可以命中琴键,不得不猛烈地练习。我想,就是这样啊。毕业演奏的时候,学生们不断地练习啊练习,从技术层面可以说比老师还好。但是所演奏的音乐是不是有趣,那是另外的事了……

写实也是如此。有的人画的石膏素描以假乱真到令人吃惊,但是他能不能也以这样的程度画出自己没见过的东西,就是另一个问题了。

从石膏素描中毕业、长了年纪的人视力变弱，又找不到画的理由，就不怎么画了。

　　这里的"画的理由"是说，画画需要巨大的体力和热情。所以没有这些就画不了。

　　本来我就认为，画画的方法是教不了的。因此"基础"这类东西很难说。颜料的使用方法、纸、画布啊，与其等人教，不如自己去画材店，自己尝试许多东西，一边失败一边学习才好。

　　但是石膏素描的指导又不一样。实物就在眼前，因为要画得写实，一旦画得不像就能够被批评和修改。这里的指导具有说服力，锻炼素描的人也会从技术上成长起来。艺术大学还会教解剖学，对于从事雕刻的人，这是必修课。但是，比起像这样地学习、掌握素描的能力，超越这些、获得自己个性的见解，我认为应该是更重要的。素描能力当然很重要，但那是直观的看法，我担心那会不会阻碍了感受方法，或表现方法。只会忠实地描绘实物，恐怕会让自己的思考萎缩，从而有一些许的失败感。

　　石膏素描是通过写实地捕捉对象来表现的，为了获得世界通行的语言，这是必经的学习。与此相对，不一定按照写实的规则来画，而是着重自己的表现，则是方言。因为是方言，第三者可能听不懂。但是能够把自己的想法直接地表现出来的，只有方言。方言不是通过学习得来的，而是在不知不觉间浸入身体的。

　　比如，在画海的水平线时，要是使用既定的规则会怎么样？在风景之中画建筑物时，用鸭嘴笔画直线会怎么样？想一想就会明白。这就是画与建筑设计图的不同。建筑设计中没有人类的感性，设计图是为了建造建筑物而表现的共同理解的信息，没有情感的表现。这就是问题所在吧。

或者说技巧，比如画白色的帆船浮在蓝色大海上，用防染橡胶（画材店有卖）画好白帆，把大海涂成蓝色之后，把防染橡胶剥下来，就有了白色的小区域。知道这一点就很方便了，但也可以用别的颜料来渗透，用印色滚或布来代替笔。这样，就会呈现出人类的手画不出的效果，很容易有一瞬间画得出色的错觉。但是退一步来看，就能注意到这些不过是陈腐的小聪明罢了。

颜色和形状，不能说不是基础，但是真正的基础，是在心中。没有什么比"喜欢画画"的心情更好的基础了。

# 我的绘画工具

## 一、铅笔

在展览会上，经常有人悄悄问我："你用的铅笔是多少B的？颜料用什么？纸用的是什么？"我虽然都回答了，但一般也不会用画材店没有的东西，我觉得自己去寻找适合自己的颜料、铅笔才是理想的状态。使用同一件乐器，未必能弹奏出同样的音乐，绘画也是如此。

我非常喜欢保罗·克利。年轻时，我就想成为和他一样的画家，明明同样身为人，到底哪里不一样呢？我甚至想到，只有鬼附身这一条路了。那么至少，我要知道人家是住在什么地方，才获得了那样的艺术品位。正想着能不能做到呢，就有一个去瑞士的机会，于是拜访了伯尔尼郊外一个叫慕尼黑布罗赛的村子。这与询问铅笔的种类，本质上是一样的。

我一边听着犬吠，一边走近克利的老家。那里现在已经变成了一座小学。从窗外可以看见里面装饰着孩子们画的画。明明与克利没什么关系，但这些画却让我想起了克利。很想画那样的画，为什么做不到呢？为什么努力之后还是做不到呢？大概是因为出生地和生长环境不同，时代也不同吧……这么想着，就只好放弃了。

还有一个人，佐藤忠良，他的雕刻自不必说，素描也很好。能让我这么说的画家还有一些。我与这些人的出生和生长环境都不一样，但是因为都是日本人，所以比克利要更近一些。只是用铅笔在纸上画，是不是就能接近他们一些呢？我有这种不可思议的想法。然而，无论如何，人与人是不同的。

有一次因为NHK的工作，我们两人一起去了贝加尔湖畔。节目组把我们在湖边写生的样子摄影下来了。那时，我想：啊，我为什么一定要说这些令人害羞的话啊？于是偷偷斜眼看他用的纸是什么，铅笔是什么。

顺便一提，当时俄罗斯的电视台也来取材，于是对佐藤忠良进行了采访。我就在车里打盹儿，NHK的人却飞奔过来，对我说"佐藤先生说了不得了的事情"。俄罗斯主持人问佐藤："您被拘留在西伯利亚时，一定很辛苦吧？"佐藤回答道："与成为雕刻家比起来，那种事情算不上什么。"在这种时候，还在车里睡觉的我，应该是画不出跟人家平分秋色的素描的吧？

我只会换粗铅笔的笔芯，一般使用笔杆来画。不论是日本制还是外国制的，硬度从2H到6B的笔都有。红色、深棕色的笔芯也有。如果需要急着用，就把铅笔削一削磨一磨。根据温度的不同，铅笔的硬度也不同，在太阳光下明明是4B，却比6B还要软。到了夜里想修正一下白天画的画，因为硬度不同会有违和感，我就用吹风机把铅笔吹暖和了再画，这样效果就统一了。橡皮擦是经常弄丢的，所以在去国外的时候，就把橡皮穿上线，吊着使用。

## 二、纸

我常用一种法国产的阿诗纸。纸是以产地命名的，那是一个有着制纸工厂、水质优良的村子。这里产的纸质量上乘，日本所用的木炭纸就是这里的公司生产的。在这里的工厂，我参观了制纸的过程。

首先，把作为原料的木头和棉花的纤维倒进桶里，用水把它们溶成糊状。之后，把棉花纤维输送、按压，成为一块雪白坚硬的板子。看起来就像是一张做好的很厚的纸。再把它溶化，揉开成一根一根的纤维。如果是做和纸，这里的纤维里会加入葡蟠和黄瑞香等，再加入黄蜀葵作为黏着的糊剂，把纤维彻底变成糊糊状，再积蓄在水槽中。

湿纸机捞取纤维，用像竹席子一样的工具把一整张纸濡湿。这时的糊糊呈纤维缠绕的状态，一张纸的形状就做好了。接着把它沾湿，从竹席子中取出，一张一张重叠着放，濡湿的纸与纸互相贴着，黏在一起。如果是做画纸，工序到此都一样，如果是做工业用纸，在湿纸机的部分有所不同。一张一张制纸的竹席子是平面的，为了制成画画用的纸，竹席子必须同样大小。工业制纸中，竹席子是圆筒状的桶。

桶上面开有很多个小孔，纤维受桶阻挡，而水通过小孔流出去。把桶在水槽中慢慢回转，让桶的表面沾满纤维，再让纤维被另一个桶上的毛毡带吸取。像这样不停地运动，就制成了长长的纸带。这时，湿纸机的运转速度一快，纸就变薄；速度一慢，纸就变厚。水则通过桶的网眼流向水槽之外。桶转一周，会有接口，这个接口决定了一张纸的宽度，桶的大小决定了纸的长度。呈长条状的湿纸在溶有胶的水槽中浸透，慢慢移动它，让它充分吸收含胶的

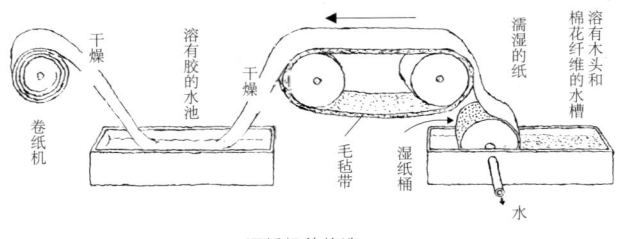

湿纸机的构造

水,之后拿出来,通过有风的风洞,就形成了干燥的画纸带。

画纸的宽窄形状,在纸被按压时就决定了。之后,人工一张一张地切纸,但并不是用锋利的切纸机。制纸过程中,根据桶的构造,纸上会产生切缝,工人就预先顺着这个切缝来切纸,真是有手工的乐趣。传统的做法是25张纸为一束,捆绑包好。

这时,把纸束的四边裁断,只在断面上上浆,这就做成了通称的"盒子"。后面我还会写道,把纸沾湿贴在板子上,在画好画后,一张一张揭下来用就行了。

纸的工业制作方法大概也是这样。与纸混合的胶、其他的药品等,是每个企业的机密,特别具体的事我就不知道了。

法国还有一种康圣纸。

意大利的法布里亚诺纸也很有名。从阿什吉到安科纳去的路上,我偶然遇到了一个村子。纸果然还是要在水质优良的地方才能做好。顺便说,我的家乡津和野也因生产和纸而闻名。

过去,瓦特曼纸很有名,现在由一家叫作霍佩恩画材的大阪颜料公司运营。这种纸很白，如果画上绿色，发色会很鲜亮。纸面柔软，要是用铅笔用力画，就有一种陷进去的感觉，不知道现在还是不是这样。

最近，日本有一种特制的水彩画纸，全部用棉花纤维制作，带有毛边（不是用机器裁纸的），还有水印。我试着用了，当然是中性纸，因为不是中性纸的话就不能长期保存。我想当今应该没有使用酸性纸的了吧。日本还有一种MO纸，属于和纸系，很吸颜料，质感也不错。还有一种帕米思纸。

纸分正反面，从画画的角度来看都是一样的。因为湿纸机的关系，仔细看的话，反面会有机器压缝条的痕迹。粗细是在之后按压时定型的。这样的话从纸上就看不出压缝条的痕迹了。

用手濡湿的和纸与此不同，纸分横纹和纵纹，是有纹路的。这就和之前所说的一样，按照以机器濡湿的工序，无论如何都能做到把纤维纵向排列。把纸向横、纵方向折看看，从折痕上就可以分辨。这与一般画画没什么关系，但是当用纸来做书，或者用纸做其他工作时，就有考虑纹理的必要了。还有，当把纸沾湿贴在板子上时，纸会稍微向两边伸展开。

### 三、画布

画布就买成卷的，用的时候就把它绷在画框上，这样比较经济实惠。画框有F尺寸·人物型、P尺寸·风景型、M尺寸·海景型，它们的纵横比随着尺寸变大而越来越宽。

画布的号数标准（单位：cm）

| 号 | F | P | M |
| --- | --- | --- | --- |
| 0 | 17.9×13.9<br>（18×14） | 17.9×11.7<br>（18×12） | 17.9×10.0 |
| 1 | 22.1×16.6<br>（22×16） | 22.1×13.9<br>（22×14） | 22.1×11.7<br>（22×12） |
| 2 | 24.0×19.0<br>（24×19） | 24.0×16.1<br>（24×16） | 24.0×13.9<br>（24×14） |
| 5 | 35.0×27.0<br>（35×27） | 35.0×24.3<br>（35×24） | 35.0×22.7<br>（35×22） |
| 10 | 53.0×45.5<br>（55×46） | 53.0×40.9<br>（55×38） | 53.0×33<br>（55×33） |
| 50 | 116.7×90.0<br>（116×89） | 116.7×80.3<br>（116×81） | 116.7×72.7<br>（116×73） |
| 100 | 162.1×130.3<br>（162×130） | 162.1×112.1<br>（162×114） | 162.1×97.0<br>（162×97） |

F=Figure（人物型），P=Paysage（风景型），M=Marine（海景型）
上段＝日本，下段（带括号）＝欧美

  首先去画材店，买一些适当大小的画布回来试试看。也有人在正方形的画布上画的，也有水彩画用的画布。

  用手濡湿的和纸也有很多种类。有未漂白的纸，根据画的不同还可以在包装纸那样的纸上作画。它们各自的质感不同，多试试体会体会是有好处的。给墙壁涂漆时会在下面铺一层黑色油纸，皮罗斯马尼还曾在那上面画画呢。

  纸在制作过程中会吸收胶，也有把胶加工在表面的纸。也可以自己用胶液来浸湿纸。要是没有胶,就会与和纸一样,很容易吸收颜料。

　　画布也好,水彩画纸也好,它们的尺寸主要都是根据工厂的生产机器决定的。有趣的是,所谓A3、A4纸的纵横比,就如图中所示,是$1:\sqrt{2}$的矩形。把这个矩形对折、再对折,纵横比都不变,它具有这种合理的性质。再把它九等分,也不改变它作为$\sqrt{2}$矩形的性质。真是有意思。

　　还有人用圆形、椭圆形的画布。不过画是由内容而不是画布的形状决定的,就算做一些改变也不影响其本质。普通的做法无可非议,因为是合理的。做一些改变是个人的自由,这种时候就成为"走出圈外",意思是改变了一般的条件,在圈外决定胜负。

　　大小也是个问题。比如说袖珍本里的插图,是不是变小就可以呢?并非如此。因为是把大型本缩小了,所以才是袖珍本。相反地,在画壁画那么大的画时,很容易认为必须要画得非常细致,但其实没那个必要,只要按普通地画,再放大到壁画上就足够了。一般展览会上的作品,小也小不过50号,是不是就一定要把草稿画得非常细致、足以撑得住扩大后的效果呢?出乎意料地,并不需要那

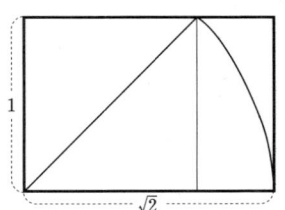
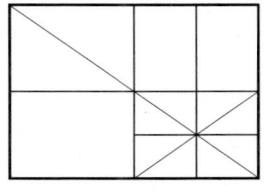

用纸的纵横比

样,如果是10号大小的话就用10号的尺寸来完成,把它放大到50号也是完成品。本来50号尺寸的作品不用打草稿,直接画就可以。

想想电影就能明白了。把35毫米胶片上的影像放大到屏幕上,人的脸一下子投射到荧幕上后,会不会连毛孔都看见呢?我们要关注的问题并不在这里。比起这种细枝末节的技术问题,好好想想是不是把作品当成一幅画完成了,才是重要的。

画分横向和纵向,要说哪个好,不能一概而论。是不是因为人的眼睛是横着排列的,所以横向的画就好呢?不过横向画的确有安定感。

电视机画面本来是4∶3的比率,延长成宽幅画面之后,可以看见一些之前看不到的细节。但是形状变歪了,变得很奇怪,因此我不觉得宽幅画面有什么好的。

## 四、画笔

油画笔和水彩画笔都有硬有软。除此之外,我还使用画刀。现在也出了尼龙制的笔,因为油画笔常常要做严酷的活儿,所以用尼龙制的便宜货就行了。水彩画笔也有很多种。在画水彩时,需要画笔在一笔画完之后,很快恢复到原状的强大弹力,因此即便贵一点,也要买弹力好的笔,否则效率很低,不出活儿。书法用笔也能派上用场。因为有刷毛,用起来很方便。

画水彩的时候,海绵是很方便的工具。要是画错了,就用它擦拭。抽纸也行。

此外,还有遮盖用胶布、防染橡胶液(如前所述,事先用防染液画出形状,等涂好颜色后,把干掉的防染液揭下来,就留下空白了，很方便）等。

## 五、颜料

颜料有日本制、外国制、亚克力颜料，等等。过去人们都觉得外国的颜料好，现在国产颜料也很不错。总是觉得外国制的好，那就接近于崇媚了。日本的颜料也是在充分地科学研究指导下制作的。

在西欧很难买到日本画的颜料，我记得在英国的颜料店里，却有卖日本的墨和书法用的笔。

同样是为着色，染料和颜料大有不同。染料是把纸等素材本身染上颜色，颜料是附着在素材上表现色彩。画画用的基本上都是颜料。少见地，也需要制作不自然的颜色，比如把染过色的玻璃弄成粉末来制作颜料。俗称的泥画用的就是染料。

水彩画的颜料是把素材磨成粉末，加入甘油、阿拉伯胶、动物胶之类的添加剂，混合后制成的。总的来说，用油炼制的是油画颜料，用水炼制的是水彩颜料。日本画的颜料是用岩石等天然素材制成的，制作方法大体上没有差别，颜料制作者在岩石的粉末里加入胶，在画室里制作。颜料的粉末有大小粗细之分，即便是同样的颜色，根据粉末粒子大小的不同，看起来发色也不一样。日本画的颜料很少有合成品，所以很容易变色。

以前的画家，把岩石放在壶里捣、放在石臼里磨，以此制作颜料。第二次世界大战中，颜料匮乏，我就去油漆店买，还用食用红色素、木炭、墨等来画。我来举几个有意思的颜料的例子吧。

【天青色】去仓敷的时候第一次买了这种特别的颜色，现在还记忆犹新,像是把钴蓝色变得不透明的感觉。在24色颜料套装里没有这种颜色。

【象牙黑】我以为是用象牙烧制的,其实是用普通的动物骨灰烧制的。

【土绿】这种颜料产自意大利北部,是从灰绿色土层中提取出来的。有一次跟某颜料工厂的人聊天,他说道刚刚才去进了三桶货。也就是说,颜料虽然是从软管里挤出来的,可如果想想颜料是怎么制作的,为什么颜色不同价格就不同,就能体会到颜料不是什么魔法药,而是大自然的产物。

【乌贼色】就是乌贼的墨汁。

【印度黄】印度有种只吃柠果的牛,颜料就是从牛的粪便所染黄的土中提炼出来的。

【胭脂红】这是从寄生在南美仙人掌上的介壳虫身上提炼的紫红色,非常贵重。除了太昂贵,作为颜料来说,也缺乏坚牢性。我曾经看过,乍一眼看上去就像黑芝麻似的。

【青金石色】这已经是传说中的颜色了。青金石是宝石,以前用它的粉末可以制作绝对不会变色的群青色。阿富汗是其主要产地,现在不知道怎么样了。因为已经很少作为颜料了,成了梦幻的颜色。

【锡耶纳色】这是含有褐色的颜料,来自意大利托斯卡纳地方的旧都锡耶纳。如果不加处理,就是生赭石黄,烧制后可以制作暗红橙色。

【深茜红】这是从茜草的根部提取的红色,以前英国的"温莎&牛顿"颜料公司有制作,我以前经常用的,现在因为成本昂贵而停产了,真是可惜。写《昆虫记》的法布尔曾经栽培茜草、制作染料，想靠这个发一笔财。可就要走上正轨时，德国发明了合成的颜料，给法布尔巨大的打击。梅红等红色系的颜色，是这个色系的分支。

【正红·中国红】这里面有硫化汞，有毒性，所以在小孩子的颜料里一点也不能添加，也不适合工厂制作。

【铁紫红】名字是从印度的孟加拉名而来的，也称为印第安红、威尼斯红、红漆，等等，都是红色。山口县附近的住家，都在外壁和柱子上涂抹红漆，据说有防虫防腐的效果。

以前，我拜访亚维农时，问别人附近有哪些地方可观光，酒店经理会告诉我去哪里哪里。然后，不知为什么经理写起了化学公式，告诉我说画家应该去那里看一看。我现在忘记了那个村庄的名字，不过要是现在去的话，相关信息一定能在旅游手册上找到。去了就知道了。那附近的房子上都涂了红漆。仔细一看，脚下的土地、眼前的山丘，附近一带都是红漆，也就是氧化铁的山。这里的土层构成从深红茶色到赭石色，将近有20种不同的渐变颜色。以前这座山就是颜料山，据说把拉斯科洞窟壁画的颜色分析后，发现可能是从这座山上取的颜料。虽然我很想带一点土回去，但是考虑到会引起海关的查问，就作罢了。站在这样的山前，就觉得暂时不用担心颜料会用完了。

使用亚克力颜料的人越来越多了，也有广告画颜料、树胶水彩等颜料。它们的覆盖性很强，如果反复涂，某种程度上可以遮盖底下的颜色。

还有彩色墨水，非常方便。不过它属于染料，需要注意变色问题，因此我不怎么推荐。

颜色的数目从颜料套装开始,接着根据自己的喜好购买就行了,没什么定规。

想进一步了解的读者,我推荐:

《画材的博物志》(画材の博物誌),森田恒之著,中央公论美术出版。这本书的记述是很准确的。

《颜料事典》(絵の具の事典),霍佩恩工业技术部编,中央公论美术出版。

《画材和素材的抽屉博物馆》(画材と素材の引き出し博物館),目黑区美术馆编,中央公论美术出版。这本书是关于画材的,图片就像亲眼所见的,是本漂亮的书。不论是版面设计、照片资料,还是印刷,无论从哪一点看都非常出色,价格也十分便宜,是一本看着就令人高兴的书。最好能去这家美术馆,但我还没去过呢,其实我私心是不想告诉别人的。

## 六、椅子

椅子最好要轻便的,但结实也很重要。如果不结实,坐的时候突然坏了,就会引起意想不到的事故。这是我个人的经验总结,需要注意。我的椅子是在苏黎世的画材店买的,在京都的一泽帆布店做了加强,但金属部分还是损坏了。因为想到会有这种事情,所以事前又买了一把椅子藏起来。椅子是旅行的伴侣,不论去哪儿我都带着。我的第一把椅子就是正妻,第二夫人藏在正妻看不到的地方,其实还有第三夫人呢。那是英国的国家信托运动团体募集资金用的椅子,还蛮结实的。

## 裱纸：静下心来是秘诀

画水彩画时有"裱纸"的工序，是把纸固定在画板上作画的方法。画材店卖的油画板，是把木框嵌在胶合板上。这种画板上可能沾有颜料的污点，要用抹布仔细擦干净之后，将纸裱上。这是为了画纸上没有污点。

在水彩纸与画板接触的那一面沾上水，将纸放在画板上，将正面朝上。一开始纸会延伸，产生一些小涟漪，不用担心。剪下适当长度的胶带（画材店有卖，带子上涂有胶，沾上水后有惊人的黏着力），将纸的边缘固定在画板上。干了之后纸就固定好了。纸最好从四周的边缘开始干，为了调节干湿，可以在画面中央部分的正面也涂上一点水。冬天干得慢，可以用熨斗，从贴着胶带的边缘开始熨，这样比较有效率，但不值得称赞。这个工作就是要让纸有足够的时间去吸水、延展，静下心来是做好的窍门。

像这样裱上之后，开始时觉得没问题，一会儿可能会产生让人担心的小皱纹，干了之后就像隔扇一样端正。这实在是令人舒畅的过程，无论画多小的画，我也建议裱纸。因为它可以带来绘画所需的紧张感。

还有没画的纸、画过速写的纸，也都可以裱。

也有纸干了之后不端正的情况，在角落里会留有一点小皱纹。这里没办法修正，只能暂且揭下来，从头再来了。

不仅仅是水彩画纸，薄的纸也可以裱，只是在反面沾水后可能会发卷。这时可以在正面也涂上水。

这个裱纸的工程，需要让纸吸收水分、充分延展的微妙时间，静心工作是秘诀，着急的话就容易失败哦。

## 画画是场寻爱之旅

这一节是针对因为喜欢而想开始画画的人。试着真正地画一幅画怎么样？对于已经开始画的人，也请试着作为参考来看。这里写了一些勃鲁盖尔知道了会生气的内容哦。

1.首先，给自己催眠。"我画得很糟糕，但是实在喜欢画画，没办法啊。小时候曾经被人夸过一次。我差不多就是小学三年级的水平。"要从心底唤起沉睡的、自孩提时代起的渴望，想想稚拙派的骄傲吧。按照自己的方式来画，绝对不模仿专业画家。

2.用水彩来画。画的大小自己决定，差不多是手边的综合杂志、文艺期刊打开那么大，也就是A4的大小。

3.参考前面的"裱纸"部分，把纸裱上。要战战兢兢地做，诀窍是不要太依赖技巧。

4.刚开始从"插花的花瓶静物"开始画。

选一种自己喜欢的花，买一两支。刚开始不要考虑花种类的配合，只选一种。最好是有花蕾，也有盛开的花朵的。不要让花枯萎，在水里剪去花的茎。

5.在画纸上,首先考虑后插的花的空间,先画花瓶。只画形状轮廓,剩下的什么也不画,空着白纸。花瓶、壶呀,是在想象中画的。家里的什么东西都行,不要写生,而是以此为参考,根据自己的喜好,想象着花瓶的样子。不要只插一朵花,最好是插着好几枝花的花瓶。就算是像洗面台那样大口径的器具,也要动用想象,考虑如何将花插得活灵活现。

花瓶是旋转体,从任何角度来看都是一样的形状。在这里,把纸对折,按喜好剪下,得到一个对称的花瓶,按照这个形状来摹写。要不要加上把手,按自己的心意。从正侧面来看的花瓶就是这样的,因为是纸折的,所以花瓶口看起来并不是圆形,不过这样就可以了。

6.画画的场所是在另外一间明亮的房间,里面放着插好的鲜花。事先在纸上画好花的速写。也就是说,并不是直接在画纸上画,正式作画时要看着速写稿,间接地画。真是艰苦的修行啊。与给鲜花拍照时不同,速写时要由内而外地观察花,首先是茎和叶的关系。叶子是交互而生?还是同时生长?有多少片叶子?然后从茎开始观察花。花是从哪里生出来的?花萼是怎样的?花瓣有几片?如果有花蕾的话,它又是怎么长的?这些都要仔细观察,一边想一边画。所以,并不是从表面看一眼就行了。

我像是在说什么难懂的事。一般,对于视角不动的写生来说,这实际上是一样的。只是要以小学生的心情来画,画出来不论多么难看,也没关系。重要的是观察。这里的观察,也就是所谓的素描能力,是确确实实的。现在先用铅笔画,不要上色。上色的时候,在画上用文字做笔记就行了。打草稿的时候也可以用橡皮,正式画时尽量不要用橡皮，要抱着"绝对不用橡皮"的心情去画。只是最后在擦去铅笔草稿时使用。

要问为什么的话，那是要让人慢慢地、静下心来认真地画。还有，如前所述，是自己本就不擅长，而不是画错了。飞快地画看起来是很熟练，但是却丢失了业余的真诚。

7.在花瓶中插入一枝花，画下来。这次不是以真实的花为模特，而是以自己速写的花为模特。虽然也会有想看真花的冲动，还是先不要看吧。一般的花在花瓶里直直地站着，但也有例外的，可以倾斜着插花。要是一朵还不够，还可以从一开始就改变花朵的朝向来画。当然，不要小气，一下就买三朵来画也很好。把这些花漂亮地插好，或是重叠，或是相互纠缠，可以任意发挥，可以一边想一边画，一朵一朵地画。这样花朵的草稿就完成了。

虽然是在给花写生，另一方面，也要依赖花的记忆，画出想象图。有人说，这比把花摆在眼前画还要难。就像最初所说的，因为画得不好，很容易被实物所俘虏，但也请尽量不要那样，要将错就错地画。不要在意他人的眼光，必须醒悟过来。

8.这次要上色了。要是画的是白色的花，该怎么办呢？添上灰色的阴影来突出白色也可以，因为这是自己的画，又不是为了植物图鉴所画的，把白色的花涂成红色也没关系。只是要涂成绿色的话就要想一想了，虽然那也不是坏事。这么说来，既然可以这样随意地画，好像最初就不用仔细观察花，只是按自己的喜好画一些人造花也是可行的。但是，在想象和空想之上是无法建立事实的，如字面那样，画就会变成没有根、没有叶的东西。

为了突出白色的花，可以用黑色做背景。在协调与背景的关系时，需要考虑白色颜料的使用，但果然还是用薄墨画影子来突出白花更好吧。当然，这是画家的个人偏好。颜料分为透明颜料和不透明颜料。如果同时使用二者，画面的质感就会出现违和，因为白色颜料是不透明颜料。

一般人是不是很容易把叶子想成绿色呢？不要把叶子总想成绿色，常识中的绿色和真实叶子的绿色是不同的。作为画家，非常了解同样的颜色能有不同的视觉效果。但是现在并不是画实物，而是以速写为模特来画，因此这一点就放宽些吧。

但是，叶片与叶片重叠之处，如果都涂成同样的绿色就会不知所云，这里就像给地图上色一样，带着觉悟，在绿色里加入红色、蓝色、茶色、黄色、等等，试着把多种颜料混合在一起，创造出有微妙变化的绿色。虽然可能与实物不同，就抱着"反正画得不好，也没办法"的心态将错就错吧。

光和影也是要考虑的问题，但是这里不是画写实主义的画，影子什么的就无视它吧。

9.画好了花，接下来就是花瓶了。因为已经画好了形状，那么是不是索性把整体都涂上一种颜色就万事大吉了呢？试着画画花纹吧。有些人一说起要画花纹，就在脑子里想有没有什么可以拿来参考的东西。要是什么都要模仿，那稚拙派的骄傲们都要哭喽。比如，条纹也不错，一部分画成方格花纹也行，自由地想象，自由地画。一般来说，花瓶是配角，用土气低调点的颜色就行了。要注意不要搞砸了花朵和花瓶的配色，从而让作品沦为一幅奇怪的画。

到这里为止，在过程中可能有一些失败。洒了颜料，不小心把香烟的火星落到画上，等等，但实际上，这并不等同于失败。因为现在所画的画，并不是像数学问题那样只有一个标准答案，答案就像画画的人数那样多。所以有可能别人并不认为是失败，只有自己觉得失败了而纠结于细节。

这样就算完成了。试着把画放进画框，第一次的静物画一定会超出想象吧。

10.这是以静物画的一种为例来演示的绘画。这并非唯一的方法，我们可以一边写生，一边跳脱出写生的对象，以自己的想法为重点来画。我在这里写了一些很温柔又很难懂的内容，也可以跳过去不读。也可以试试画风景，具体操作方法和前述步骤类似。

心血来潮的时候，走出去画风景速写怎么样？就算是专业画家，画得好的诀窍也是把自己当成初学者。一路上都要不断回首，守望初心。

有人问我，是不是不论在何地，都有想要画画的心情。我出去画写生，就像散着步去寻找新娘一样。正确地说，应该是出去找寻恋人。我总是规避名胜古迹、观光胜地，如前所述，我喜欢寻找只有自己才发现的美景。一旦迷上了，就不知道为什么要画起来，很难说清楚。说是恋人，但对象是风景，因此不用在意对方的感受。画了一会儿后，把成品好好珍惜、收藏起来，又踏上寻爱之旅。这样，不知道恋爱了多少次——听起来没什么节操。所以这与找新娘是不一样的嘛。但也有相似的地方。想着难得出来找喜欢的风景，就要好好挑拣一番，不知不觉已日暮西山。

**推荐读本**

国外的美术馆所藏的作品，大多是以希腊神话和圣经故事为主题的，要是知道这些背景故事，就能更好地理解作品。为此，岩波文库出版了很多可用参考的书。我刚刚来东京的时候，一位叫杉山司七的老师强烈推荐我读的。之后在很多地方都发挥了作用，我常觉得真是幸好读了那些书。

虽然是为了欣赏画而读书，除此之外，对画画、自学等方面有帮助的书也有很多。这里就举一些例子吧。

《小出楢重随笔集》（小出楢重随筆集），芳贺彻编，岩波文库。

是一本广受好评的随笔集。这是第一本让我在独自读书时放声大笑的书。看过这本书的人，就知道我在哪里发笑了。书中有一章"油画新技法"。虽然有点年代了，但是在我所读的众多书中，这是最令我喜爱的入门书。

《水彩速写入门》（水彩スケッチ入門），山手正彦著，日贸出版社。

这是一本不错的入门书。文字说明很细致，示范画作的品味也很好。确保这里所说的"品味"的方法，很难一言以蔽之，总是要重视万事万物的表现。

《人性的枷锁》，萨默塞特·毛姆著。

这是毛姆的代表作之一。出场人物中有画家，就算不是为了学习画画也应该读读。有位叫田口美知太郎的哲学家，他在随笔里记述了自己阅读毛姆的著作的事。那是一本温柔的、有趣的哲学书。

《即兴诗人》，安徒生著。

这是一本让我心醉的书。有很多人觉得难就不看了，真是可惜。我在这里引用一些章节"慰藉"里的内容。

主人公安东尼奥说，即便落入悲哀的谷底，自己也有归依自然的道路。这里所说的自然，与我们所处的自然是一样的。

我俘虏了我的恋人。我的恋人，是这自然，大自然啊。你为了我，呈现出一望无云的天空，对我毫无遮掩。你给我送来了温柔的微风，一个劲儿地吻着我的唇，不知厌倦。我要歌颂你的美，我因你的美而心动，而放歌。自不待言，你的心上满是疮痍，鲜血滴滴。被针刺穿的蝴蝶啊，再也不见你扇动五彩的蝶翼。如同飞落的瀑布溅起的水沫般消失，再也不见你的美丽。此乃诗人的使命。

在章节"苦言"里，安东尼奥在那不勒斯的圣卡洛剧院即兴吟诵的诗，意外地获得了喝彩，即兴诗人也由此诞生。前来照顾孤独的安东尼奥的弗朗切斯卡为了抑制其心中的自负，诚心诚意地说出了以下的话，在此摘录：

安东尼奥：诗人沐浴喝彩如同草木沐浴阳光。身陷囹圄的塔希奥，毒害其身的原因不仅是为情所困。
弗朗切斯卡：如今我谈论的，是塔希奥不曾提及之事。
安东尼奥：塔希奥是一名诗人。也正因为如此，我会想到他的例子。
弗朗切斯卡：您若是有身为诗人的自豪，在提及先人之时应该举例那些拥有伟大成就的诗人才对。

以下，我就用口语体来写了。

安东尼奥：圣卡洛剧院那些与毫不知情的观众们丝毫没有吝啬他们的掌声。我只是想将这份喜悦与你分享才提及此事。十分遗憾昨日下午您没能亲自去到剧场。

弗朗切斯卡：我不相信观众的评价。比起自幼就熟知您的，更能分享您的喜悦的人大有人在。做一名即兴诗人并没有什么不好，但若仅止步于为了满足听众，那实在是浪费了您的才能。若是昨晚您受到了人们的侮辱与耻笑，我想我会感到万分难过，但万幸并非如此。登台仅此一夜，要将那如梦如幻的时光长久地留存于人民心中是不可能的。

前往罗马，让我见识您的忍耐与勉励吧。对您说出实话的也只有我一人。

此章节以弗朗切斯卡的话为终结，令人不得不想，如果安徒生被人这么说，会作何感想。恐怕作为日文翻译者的森鸥外也以此为座右铭。那时以画画为志向的我，内心也特别受到深切的触动。

# 7

## 欣赏的快乐
## 绘画的喜悦

有绘画的人生

巴黎，圣马尔丹运河附近

# 以自己喜欢的方式生活，人生就很完满

经常有人问我，是什么样的契机让我立志成为画家的。我只能回答说"因为从小时候起就喜欢画画。"几乎所有的画家都没有什么成为画家的"契机"。

我没有当画家的亲戚，也没有人鼓励小时候的我做画家。因为我老家是开旅馆的，所以有很多杂志，我就很喜欢看杂志里面的画。一天，有一位旅行画家来住店，父亲说："我家孩子很喜欢画画，请您看看他的画吧。"于是那个人给我画了鸟儿。

花很美，于是大人们就以为小孩子也觉得花儿很美，实际上，比起花，小孩子更关心好吃的团子呢。赏花的时候，父母感叹着"啊，多么美的花啊"给孩子看，有人说这种将"美丽"的感受传达给孩子的做法很重要。从这个意义上来说，我一直是一个人赏花的，身边没有别人，也没有人对画做出过反应。所以，为了磨砺对画的敏锐感受和丰富体验，我可是花了相当长的时间。总之，我看了很多画，而且基本上都是杂志里的画。

直到16岁，我才在大原美术馆（冈山县仓敷市）看到名画。想想大概是十多年前吧，我去大原美术馆的时候，那里展示的名画和排列布局与从前的一模一样。我总共只去过三次大原美术馆，却决定了我的一生。所以，就算是忘了昨天的事，我还记得那里的画的布局，也多亏了大原美术馆，除了亨利·马蒂斯、埃尔·格列柯、梵高之外，我还知道了一些不怎么为世人所知的画家的全名，比如：费尔南多·博特罗、古斯塔夫·莫罗、皮比斯·德·夏巴鲁、乔尼·塞甘迪，等等。

后来我与大原美术馆创立者——大原孙三郎——的孙子大原丽子（音乐制作人）、大原谦一郎（大原美术馆理事长）关系很好。在我初次去大原美术馆被感动得要死的时候，这两人还没有出生。人生真是不可思议啊。

大原孙三郎援助他的朋友儿岛虎次郎去留学。儿岛虎次郎作为首席从根特大学毕业，大原孙三郎以重金委托（1908年开始，大约持续了12年）虎次郎去收集美术品。这份成果后来归属大原美术馆，在大原总一郎继承之后进一步扩充。儿岛虎次郎26岁时画的《乡村水车》现在还在大原美术馆，那是一幅出色的作品。他开始收集美术品时是27岁，那一年孙三郎是28岁。虽然人们常说明治时代的人很伟大，但是这么年轻就开始做大事，真是令人吃惊。现在为了考艺术大学而复读的学生可能也就是这个年纪。顺便一说，冈仓天心（1862—1913）在1877年进入东京大学学习，1890年成为东京美术学校的校长。可以算算看这都是他多少岁时的事情。

对有兴趣的听众说话时，我总是有说着说着就说岔了的坏习惯，所以写起书来也很散漫。再顺便一说，佛罗伦萨的米开朗琪罗在25岁时创作了《大卫》，青木繁[1]画《渡津海鳞宫》时也是25岁，画《莎乐美》的奥博利·比亚兹莱[2]在25岁就去世了。在瑞士的圣莫里茨[3]有一座沉静的美术馆，那里装饰着一幅描绘阿尔卑斯生活的名画。大原美术馆收藏的《阿尔卑斯的少女》（能收集到这样的作品，说明儿岛虎次郎真是有眼光），其作者乔尼·塞甘迪在25岁时成为名画家。但他7岁丧父、8岁丧母，放任自流的他被送入少年感化院，之后，在16岁时立志成为画家，前往米兰。

那个有名的多米尼克·安格尔，身处法国革命的漩涡，10岁之后就没去上学了。取而代之的是他自己勤勉学习，年少时就立志成为画家，后来做了大卫的弟子。21岁时安格尔获得罗马大奖，前往罗马留学，靠着非凡的努力，他终于实现了自己的志向。作为新古典派的领袖，他在美术史上留下了灿烂的足迹，关于他的伟绩，这里就不详述了。

还有不是画家的《人性的枷锁》的作者萨默赛特·毛姆，他10岁时成为孤儿，所以这本小说也有自传的性质。

我小时候遭遇战争，父亲也身染重病，所以绝对说不上幸福，但是我觉得，能够做着自己喜欢的事来生活，人生就很完满。

回到原来的话题，实际上儿岛虎次郎的老家也是开旅馆的。来住店的人中有师范学校的老师，看到虎次郎的画，当即就说"请一定要成为画家"，我想那位先生也是有眼光的。来我家住店的画家却只能给我画只鸟儿，要是能画个鼠小僧次郎吉什么的就好了。这么一想，同样是开旅馆的家，也不能比较啊。再顺便一说，茂田井武家也是开旅馆的，画《原子弹爆炸图》的丸木位里也是出生于旅馆家。

## 画自己喜欢的事物

与大原美术馆不同，杂志对我也有影响。小时候看杂志，就接受了"如果不是什么都会画的话，就算不上画家"的观念。当我跟山本夏彦说这种想法后，他大笑着说"你真是说了可怕的事啊"。

再回首看看我之后的经历，小时候所接受的观念一直影响着我。先声明，我现在不认为"如果不是什么都画的话，就不是画家"。画油画也好，水彩画、日本画、插画、漫画也好，只要画自己喜欢的就好。与过去不同，一边想着要成为画家，一边成为出人头地的漫画家的人有很多。

战后不久，在画插画和漫画的作者之中，有一种把在上野日展上展出的画称为"范本画"的风气。在这些词语的背后，有"我也要坚持自我，不要只画卖得出去的画，而要成为在盛大舞台上自由展出作品的画家"的意思。他们经常向他山之石学习。现在这样的人快绝迹了。画漫画虽然能够日日更新，也很有趣，但是却被截稿日追赶，不得不拼命干活，可不是谁都能做的工作。当然了，他们的收入比一流画家还高，这也是理所应当的。

有人说孩子是和美术史一起进步的。一方面有倾向认为孩子们都抱有梦想，但孩子们也都挺现实的，不是吗？所以，我小时候在看杂志中的插画时，觉得铃木信太郎[4]（1895—1989）画得不好，桦岛胜[5]（1888—1965）应该是日本第一。桦岛胜的画就像照片一样"与实物一模一样"。但是随着时间流逝，会感觉铃木信太郎的画越看越有意思，甚至能从画中看出文字的意蕴来。桦岛胜的画初看很漂亮，能击中人心，但禁不住反复观摩品味。现在的村上丰[6]（1936—　）就是这样的画家，不能认为他画得不好。永田力[7]（1924—　）也是这样，真是令人羡慕。这些人实际上画得很好，却能心平气和地画出奇怪的画，真是有股"来啊，要杀就杀啊"的气概。

　　我是个挺灵巧的人，但有人说画家最好不要聪明伶俐，令我很是苦恼了一阵子。画正方形，特别是画平行的粗细两道线构成的正方形会比较难，而做刻木板的底稿的技术者却能轻易地画出来。这与其说是画画，不如说是图形设计所必要的了。这种事，年轻时我也能做，现在上了年纪，渐渐做不好了。

　　这里可以说是"江郎才尽"了吧，还是用什么别的语言来表达？想着要画直线却画不成，不免有些才尽的唏嘘之感，但也是因为如此，才能看清一些之前看不清的东西，应该值得感谢。

　　这一点也不是坏事。"画得不平正就不平正，那是当然的。这才是自然的样子。为什么之前一直想着要按照规定来画线条呢？"我现在会这么想。这样的经历到底应该说是成长，还是算放弃？允许自己失败，允许自己犯错，这样的心境是人的成长过程。仔细一想，要是不允许自己犯错，就不能到达画家的彼岸。这不仅限于画画，人生就是要一边允许自己失败，一边前进的。

## 如果很喜欢画画,那就努力吧

我小学六年级时,少儿杂志《给想学画画的人》一书上刊登有广告。我就向这本杂志寄了封信,写道:"我喜欢画画,想学习画画,但是要怎么学习才好呢?"直到现在我还记得,有一位叫林田正的人给我回信,那是在复写纸上用黑墨水仔细地书写的。这是我出生以来第一次收到这样的回信,自然是非常高兴。他告诉我需要从哪些地方学习,给我列举了西洋美术史、东洋美术史、艺术用解剖学等十多册书。他写道:"我想你应该是很喜欢画画,加油,要努力啊!"我当时还不知道为什么要学习艺术用解剖学。

那时候有一个以林田正为名的漫画家,画的漫画很好,在《少年俱乐部》杂志上连载。我有时候在想,是不是就是这个人给我写的信呢?漫画家的话,应该会在复写纸上用黑墨水写字。从信上的文字来判断,却又不像是这个人。这个林田正虽然在美术学校学习,我想因为画卖不出去,所以才开始画漫画。

算起来,给我写信的人就算现在还在世,也有90岁了。人生真是有趣,后来我认识了当时《少年俱乐部》的名主编加藤谦一，把信的复刻版交给他看了。我想要是他的话可能会知道些线索，但他业已去世，现在看杂志，也没有知道的人了。我也只能做到这些了。

前些天，我之前拜托的讲谈社的铃藤益弘那里有了回信。那个"林田正"的名字，他在《日本儿童文学大事典》（大阪儿童文学馆编著）里看到了。只是，"生卒不详，其他经历不明。是漫画家，主要在讲谈社相关的杂志上刊登作品。（中略）笔触柔和，画风朦胧。（竹内修）"。这个名字可能是笔名。本来，给还是孩子的我回信的人，与漫画家林田正是不是同一个人，我虽然不是很确定，但是从"笔触柔软"来看，我想就不能认定是同一个人了。

也正好是在六年级的时候，新闻广告的一面满满地刊登着书单。我以代收货款邮件下单（当时叫"代金引换"），书就从日暮里（我当时以为东京有一个日落的村庄叫作"日暮里"）的书店送来了。

比如说《印象派时代》《西洋画入门》，等等，这些书的准确名字我记不清了，作者是外山宇三郎，大概一共有五册。像这样的书我不知道买了多少本。构图、远近法、明暗、阴影、水面的倒影……美的要素是律动、调和、变化、统一，等等，书上写了这样的内容。虽然不怎么懂，我也高高兴兴地拼命读完。关于画画的工具，书上有不错的图示，现在想来，那些应该是从画具店的广告册上转载的。这样，我开始了自学，现在想来基本没什么进展。

那时候的书基本上都写着"画是展示美的事物"，就像本书最初我所写的那样。对于年轻的读者来说，"什么是美？因为连这个也不清楚所以很辛苦啊"，听起来像是不负责任的话。这么说来，要是不思考"美到底是什么",知道的事情也会变得不清楚,我一直是这么想的。

战后,我有一位叫山本一郎的朋友,他头脑很好,进入了东京大学哲学系学习,还翻译了希伯来语的《圣经》。因为是学哲学的,我们一起玩的时候,我顺便问他:"虽然说'画是表现美的',但美究竟是什么?""你所画的,是以画为实体的东西,而美却是一种概念,因此不能轻易下定义。就算要下定义,也会随着时代的变迁而发生变化。因此美的概念是随着时代变化的,是随着实体变化的。总而言之,美的概念是追着绘画和音乐等实体而变化的。"山本如此回答。因为我一直很在意,所以至今也记得他的只言片语。托他的福,我受到了启蒙,此后,关于"美究竟是什么"的话题,我一概不下定论。(因他业已过世,这里的文责全由我承担。)说起来是玩笑话,他的姐姐柴田女士还很矍铄。这世界如此之小,柴田女士与佐藤忠良的太太居然是好闺蜜。

顺便一说,"实体"这种说法,也许并不怎么哲学,不知不觉之间,我们不愿意用语言来总结事物并加以理解,而是根据自己是否知道这个词语,来做一些似是而非的理解,这样的情况并不少。

去展览会看看的话,有人会说"啊,这是印象派呢",似乎从语言上就理解了字面背后的意思。之前所写的"后印象派"之类的名字也是如此,作为以语言来总结的好例子,塞尚、梵高等人如果知道自己被这么称呼,就会觉得自己被按上了语言的烙印,会不会觉得不情愿呢?

写《梵高的信》序言的埃米尔·伯纳德有一篇关于"美"的文章,在此引用:

梵高并不模仿希腊罗马人，而是称他们的作品是'完成的静止'并热爱着。东施效颦已经不能称之为美，如果一味追随无法用自己的感觉去孕育的美的形式，一切都是无用的。梵高早觉察了这一点。美的本质特点是诚实的观察，和其内在的新鲜而深刻的真理。这个问题已经被讨论过多少次，也酿成了很多误解和激烈的辩论。

接着，引用德拉克洛瓦的备忘录：

为了达成所谓理想的美，需要什么特别的方法和手段？（中略）为了追求某种表现，如果是为了追求一般惯有的样式，画家就会浪费了自己的特征，完全丧失了自己的个性，陷入走投无路。（以下略）除了达成目标之外，我们还追求什么？如果没有这个幻想，就不能成为艺术。

战争开始后，父亲因为高血压病倒，实在不是说"我想成为画家"的时机。战后，我成为乡村小学的教员。父亲死后，终于来到了东京。关于这段时光，我在《绘画是一个人的旅行》一书中写过，在这里就省略了。

现在，想成为画家的人一般都在艺术大学等美术系学校学习，但我当时却没有这样的机会，只能一直自学。然后作品入选画展、进入画坛，渐渐地接近成为一个画家。成为画坛会员的时候，且不管能不能靠画画生活，不过"成为画家"是被社会认可了。但如果不能靠画画生存，一切就没有意义，因此我也根据报酬来接活，比如插画、插图、装订，等等。我之前写了，做装订工作时认识了曾我四郎。

　　这些为了赚钱的工作，与展出、获奖等难关不同，是从另一角度上说的难关。我还做过通常说的"销售""携带"，明明人家没有拜托，还是带着自己的作品去推销，基本上都被拒绝了，而机会也正是从被拒绝开始。我是很幸运的，我还记得获得画插画工作的契机，是从讲谈社的岩田清光和鹤田宣之找我做版式设计开始的。

　　我清楚地记得画绘本的契机。我辞去教员一职，打算成为画家的时候，有人请我每周去一次明星学院教课，每次两小时。于是我做了一年明星学院的非常勤讲师。当时，无着成添、寒川道夫、铃木五郎等都在明星学院。其中有个叫松居和的学生，他的父亲是福音馆书店的社长松居直，他问我"要不要画绘本"。我说"虽然有想画的画，但是没有文章"，他却说"没有文章也行啊"。"没有文章也行"真是一句划时代的话，我深切地觉得，这个相遇就是命中注定。这就是我的第一本绘本《奇妙国》诞生的契机。那是1968年的事了。

## 开个展的心情——如坐针毡

早在我还在东京做教员之时,大家都说,只在画展上展出可不行,一定得开个个人画展之类的。那时我与好友米仓正弘、佐藤谅三人在银座和新桥举办三人的画展,至于个人展则在银座的村松画廊举办过几次。

几年前,我在神田街头写生时,一个陌生的青年走过来给我发传单。我以为是推销或者传教之类的,就说"现在很忙",马上拒绝了。青年立刻显出一副沮丧的样子,嘟囔着"我在举办个人画展呀"离开了。那时他的背影,与我当年的背影几乎重叠。刹那间,我的眼泪几欲夺眶而出,后来再想去看却已不知道在哪里了。

举办个人画展可是很累人的。除了画画的材料,还有画框费、租借会场的费用、宣传单的印刷费、搬运费、茶歇费,等等,很花钱。现在的开业派对也很花钱。我记得举办了五六次。来参加的人多数是同辈的年轻画家、当作兴趣来画廊走走看看的人,而前辈画家、评论家、美术记者们,最初是不会来的。想想就知道是自然的,所有的前辈们都忙着,一般没有来看新人画家画展的空闲。是不是会有相当眼尖的画商来偷偷看画呢？不好意思，那是电影里演的，这种事最开始是没有的。我的画展上展出的抽象画好像要隐藏什么似的，要是说憧憬安东尼·塔皮埃斯的时代，可以想象出画的是什么。那时，有外国人买了一幅恶搞浮世绘的作品。只此一幅。

我想个人画展可能算是年少立志成为画家的人的出师仪式。在个人画展的房间一坐下，就会精神萎缩，进入房间的所有人都会抬不起头。也有因为年轻而才能做的事。志同道合的画家朋友的一句"加油啊"就是良药。

落语[8]里有一出杰作，叫《寝床》。痴迷于义太夫[9]的房东打算把租客们集合起来，让大家听义太夫，于是准备了酒菜，让一个叫定吉的小孩去长屋一家一家地叫租客。但是租客们都想"要是让我听那种义太夫，不如让我死了好"，于是都制造出巧妙的理由回绝了。甚至连房东太太都借口娘家有事而走了。"让我听义太夫吧"和"你来听听义太夫吧"这两种态度，是似是而非却又完全不同的事。

自虐地说，这与举办个人画展是相似的。也许有人说"别把举办个人画展的人当傻瓜啊"，但如果没有忍耐这份屈辱的度量，就办不成个展，也无法在人生路上前进。

痴迷义太夫的房东终于生气了，于是说"你们这些住我的长屋，一个都不来听蹩脚的义太夫啊，那么限你们今日之内都搬出去"。关于之后租客怎么修复与房东的关系，怎么让房东高兴，这些经过，就请听听落语，或者看看剧本吧。

这是桂文乐[10]的拿手好戏。我现今也开展览会。但是比起人家帮我举办的展览，还是以前让我心痛的展览更令人怀念啊。

# 有绘画的人生，真是太好了

从前，在《朝日新闻》上有篇投稿，大意是"来买我的画吧"。"有名的人的画卖得好，而像我一样默默无闻的人的画却卖不出去。有名的人画的也未必都是好画。我们可都是拼上人生去努力工作的，多少也关心一下我们吧。"主旨大概是这样的。

虽然我也认为画家有没有名气和作品好不好没有必然关系，但有名的画家一定都曾经历过默默无闻的时期。还有人因为是有名的电影演员，所以画卖得好，但这与自己的画卖不出去没有关系。重要的是，不仅仅只有投稿的人在努力，谁都是在拼上人生在工作的。而且因为是自由职业，也不是受到谁的委托，所以即便十分努力，也不是什么值得称赞的事。画卖不出去是挺困难的，可梵高在世时画也卖不出去呢。

梵高写的《梵高的信》中是这样说的："画画是件需要运气和金钱的工作，而从事这项工作的往往又都是非常贫穷的人。当我意识到这一点，会时不时感到悲伤。""说画家都像体力劳动者一样生活，是不符合实际的。盖房子的、锻造的工人们生产的产品，总是比画家生产的要多。"

看到梵高的生活和想法，想着把画画作为维生的工作来做也可以，但是有必要回到起点想想，本来是不是为了自己本身才走到这一步的（既不是为了完成接过的工作，也不是为了别人的命令）。

不只是绘画，所谓的艺术，大概都是这样的。画画一个人就能完成。虽然没有可以倾吐不满的对象，但是有充分的自由。

就像人不吃饭就不能生存，或者不睡觉就不能生存一样，除了画，人生中还有很多事，不做就活不下去。这种想法，也许是自我暗示，也许也是一种病吧。

我从来不会轻率地建议别人"成为画家吧"。不过，要是不想着靠画画生活，那我是赞成的。比起没有画的人生，画画的人生不知道有多么地充实……如今，我真的觉得"和画画一起度过人生，真是太好了"。

**注释**

1 青木繁（1882—1911），日本西洋画家。日本20世纪初期浪漫主义美术最杰出的代表。

2 奥博利·比亚兹莱（Aubrey Beardsley，1872—1898），19世纪末最伟大英国插画艺术家之一。

3 圣莫里茨，瑞士东南部城市。

4 铃木信太郎，日本画家，曾在白马会洋画研究所师从黑田清辉。

5 桦岛胜，日本画家。

6 村上丰，日本画家，为梦枕貘《阴阳师》小说系列作过插画。

7 永田力，日本画家。

8 落语，相当于单口相声。

9 义太夫，歌舞伎净琉璃唱腔的一种。

10 桂文乐，日本落语世家的名号。

## 后记

　　这本书是几年前，在铃木稔的建议下，我答应要开始写的。然而在我对承诺还含含糊糊时，他就离职了。这下虽然从承诺中解放了，但是对于我这种把诚意写在招牌上对外公开的人来说，是会招来内心斥责的。

　　我用对时间流逝之快的感叹，代替了道歉，但他温和的面孔却如天网恢恢般疏而不漏。

　　"绘画人生"，是他的话，这短短的一句，却如魔法一般，让我落入自己可以写万卷书的错觉。如果在文中读到我有妄自尊大的口气，那就怪罪到魔法的头上。接替铃木担任编辑工作的是坂卷克己。

　　我是以口述开始的。老实说，我就像被老练的警察们围住，一边给我递烟，一边问我关于孩子和女人的事，还用"全部说出来会好过很多哦"等手段来对付我。我还在想"不用说到这个程度也可以吧"，自白书就被拿走了。

　　我认为这些警察中，有一人很难得地对绘画有深刻的理解。那就是替我速记节省时间的人——增井润一郎。

虽然"自白里全是让人丢脸的事",但全亏了这些人,让我减轻丢脸的负担,成功地无罪释放了。

这本书是以省略敬语来行文的。虽然不得不省去了敬语,但我内心充满了至高无上的谢意。

安野光雅

图书在版编目（CIP）数据

安野光雅绘画人生 /（日）安野光雅著；方旭译. -- 北京：北京时代华文书局，2018.11
ISBN 978-7-5699-2590-6

Ⅰ.①安… Ⅱ.①安… ②方… Ⅲ.①随笔－作品集－日本－现代 Ⅳ.①I313.65

中国版本图书馆CIP数据核字（2018）第215973号

E NO ARU JINSEI by Mitsumasa Anno
© 2003 by Mitsumasa Anno
Originally published 2003 by Iwanami Shoten, Publishers, Tokyo.
This simplified Chinese edition published 2019 by Beijing Time-Chinese Publishing House Co., Ltd., Beijing by arrangement with the proprietor c/o Iwanami Shoten, Publishers, Tokyo

Copyright ©Mitsumasa Anno for the photos All rights reserved. Photos rights arranged with ANNO ART MUSEUM through CREEK & RIVER Co.,Ltd and CREEK & RIVER SHANGHAI Co.,Ltd.

## 安野光雅绘画人生
ANYEGUANGYA HUIHUA RENSHENG

著　者｜[日]安野光雅
译　者｜方　旭
出版人｜王训海
图书监制｜陈丽杰工作室
选题策划｜陈丽杰　袁思远
责任编辑｜陈丽杰　袁思远
装帧设计｜程　慧　段文辉
责任印制｜刘　银　范玉洁

出版发行｜北京时代华文书局 http://www.bjsdsj.com.cn
　　　　　北京市东城区安定门外大街138号皇城国际大厦A座8楼
　　　　　邮编：100011　电话：010-64267955　64267677

印　刷｜北京富诚彩色印刷有限公司　电话：010-60904806
（如发现印装质量问题，请与印刷厂联系调换）

开　本｜880mm×1230mm　1/32　印　张｜7.25　字　数｜200千字
版　次｜2019年6月第1版　　　　　印　次｜2019年6月第1次印刷
书　号｜ISBN 978-7-5699-2590-6
定　价｜69.00元

版权所有，侵权必究

美感是富裕生命的体现。